Liebe Leserinnen & Leser,

die Mosel – das sind mindestens 20 spektakuläre Schleifen, verteilt auf 242 Flusskilometer durch den Westen Deutschlands, in einer Landschaft zum Niederknien schön. Die Region ist wie gemacht für Menschen, die es lieben, hier um die Kurve zu fahren, dort noch einen Abstecher zu machen, um vielleicht noch etwas Verborgenes zu entdecken.

Zum Beispiel geheimnisumwitterte Gemäuer, kleine und große Kunstschätze, die sprachlos machen, oder Dörfer, die zu den bezauberndsten Flecken der Republik gehören.

Wer weiß, wo's lang geht, kann im Tal Erstaunliches erleben. Etwa flauschige Alpakas streicheln, geistreiche Hausmannskost genießen oder dem gelben Wunder begegnen. Kaffee trinken in einer Concorde, mit der Fähre ins Aussichtsreich übersetzen oder mysteriöse Fabelwesen besuchen – auch das ist möglich. Man muss nur wissen wo.

Auskenner wissen, welche Attraktionen man in Trier wirklich sehen muss, wo sich in der Stadt ein Wasserfall versteckt und wie man die Mariensäule zum Leuchten bringt. Auskenner landen nach einer langen Autofahrt auch nicht in einer einsamen Burgruine, obwohl sie mittelalterlichen Trubel erleben wollten. Auskenner beschreiten Wanderwege abseits der Touristenpfade, finden die Hotspots mit Like-Garantie und attraktive Cafés mit eigenen Spezialitäten. Damit auch Sie ein Auskenner werden, gibt es dieses Magazin.

Viel Spaß beim Schmökern!

Ihre Carmen Sadowski

Inhalt

Koblenz
Kobern-Gondorf
Cochem
Beilstein
Zell
Kröv
Traben-Trarbach
Bernkastel-Kues
Piesport
Trittenheim
Trier
Igel
Konz
Perl
Schengen
Mosel
Sierck-les-Bains
Metz
Nancy
Toul
Épinal
Bussang

544 Kilometer, drei Länder, ein Fluss

Dichter haben sie gepriesen, britische Maler trugen ihre Schönheit in die Welt. Oh Mosella! Doch an welchen europäischen Städten fließt sie entlang? Was hat die Mosel mit dem türkischen Fluss Menderes gemein? Und wo liegt ihre tiefste Stelle? Alles über den heißgeliebten Fluss.

Die Mosel bei Pünderich

links: Bussang Moselquelle
mitte: Èpinal

rechts oben: Heißluftballonfestival „Mondial Air Ballons“ am Flugplatz bei Hageville.
rechts unten: Sierck-les-Bains

Über die Mosel ist doch alles bekannt, sollte man eigentlich meinen. Immerhin ist sie eine der wichtigsten Schifffahrtsstraßen der Republik. Wie ein blaues Band schlängelt sie sich durch das grüne Herz Europas, sammelt Wasser in drei Ländern und transportiert es bei Koblenz in den Rhein. Schon der Römer Ausonius war hingerissen von ihrer Schönheit: „Ein Fest sind die Rebhänge an steilen Lagen“, schwärmt der Dichter um 370 in seiner Reisebeschreibung Mosella. „Bergrücken im langen Zug, kehren und krümmen wie ein Amphitheater der Natur. Gelobt sei Bacchus, der Gott des Weines und des Rausches!“

Obermosel, Mittelmosel, Untermosel. So haben wir es ganz nüchtern in der Schule gelernt. Wer es genauer wissen will: Ihren Namen bekam sie von den Römern. Er leitet sich aus dem keltischen Wort „Mosea“ ab, was bedeutet „der kleinere Fluss östlich der Maas“. Heute nennen die Franzosen sie vornehm „Moselle“, die Menschen in Luxemburg sagen freundschaftlich „Musel“. Zwischen Traben-Trarbach und Enkirch kennzeichnet ein Gedenkstein ihre mit 16,64 Metern tiefste Stelle. Und schon gewusst, dass die Mosel zu den wenigen Flüssen gehört, bei denen man die Flusskilometer rückwärts zählt? Tatsächlich liegt Kilometer 0 an ihrer Mündung am Deutschen Eck und Flusskilometer 544 in den Lothringer Wäldern.

Die Mosel entspringt am Berg Drumont in den Vogesen, am Rand des Naturparks Ballons des Vosges. In Frankreich weiß das jedes Kind. Zwar sprudeln in der Gegend gleich mehrere Quellen, doch nur einer davon wurde ein Denkmal gesetzt. Wer die *Source de la Moselle*, die Moselquelle, besuchen möchte, biegt mit dem Auto von der N66 in die D89 Richtung Le Drumont ein. Nur wenige Minuten hinter der Abzweigung ergießt sich ihr Wasser durch ein steinernes M zunächst in ein Becken, danach in einen winzigen Kanal. Hätte man die Quelle nicht am in Stein gefasst und das vielfach geschlungene Band des Flusses in Bronze in die Granitwände eingelassen, man würde sie glatt übersehen.

Aber alle Fließgewässer fangen einmal klein an. Erst auf seinem langen Weg in den Rhein wächst das Rinnsal zum kräftigen Fluss. Daran beteiligen sich unter anderen Moselotte, Sauer oder Dhron und die ungefähr 50 Kilometer lange Ruwer als Wasserlieferanten. Bei Konz ergießt sich die Saar in die Mosel – mit 246 Kilometern ist sie ihr längster Nebenfluss. An der Saarmündung steht ein Kunstwerk von Christoph Mancke. Ein großer Stein mit einer Vertiefung, in der man sitzen kann, um dem beruhigenden Geräusch des Wassers zu lauschen.

Doch bevor die Mosel Deutschland erreicht, durchquert sie zunächst auf 302 Kilometern Frankreich. Bussang ist der erste Ort, den sie als Bächlein durchfließt. In der Stadt Épinal, genannt das „Tor zu den Vogesen“, ist sie schon ein junger Fluss. Gleich hinter Charmes beginnt das Naturschutzgebiet „Wilde Mosel“, ein unberührtes Paradies für seltene Vögel und abenteuerliche Kajaktouren. Denn es ist der einzige Abschnitt, an dem die Mosel nie gestaut oder begradigt wurde. Einige Kilometer flussabwärts passiert der Fluss die alte Bischofsstadt Toul mit ihrer mächtigen gotischen Kathedrale. Sie fließt vorbei an Scy-Chazelles, wo man das Anwesen des großen Europäers Robert Schumann besichtigen kann. Allein der Garten ist schon einen Abstecher wert, zeigt er doch Pflanzen lothringischer Züchter, die fast schon in Vergessenheit geraten sind. Wer zum richtigen Zeitpunkt in der Gegend unterwegs ist, sieht am Horizont hunderte von Ballons in

links oben: Moselschleife bei Bremm

links unten: Laurentiuskapelle (vorne rechts) bei Trittenheim

den Himmel steigen. Denn alle zwei Jahre, immer an den ungeraden Zahlen, treffen sich Ende Juli bis zu 400.000 Zuschauer zum wohl größten Heißluftballonfestival der Welt, dem „Mondial Air Ballons“, am Flugplatz bei Hageville.

Schließlich erreicht sie Metz, neben Trier und Koblenz die größte Stadt am Ufer der Mosel. Vorbei am Städtchen Sierck-les-Bains und seiner Festung, trifft sie am Grenzort Apach im Dreiländereck auf Luxemburg und Deutschland. Dort bildet sie zwischen Schengen und Wasserbillig auf rund 36 Kilometern die natürliche Grenze zwischen den beiden Ländern. Eine weitere Besonderheit: Hier verkehrt die Sankta Maria II, die erste rein elektrisch betriebene Fähre auf der Mosel. Auf der deutschen Flussseite reihen sich ansehnliche Winzerorte wie Perl, Nittel und Wasserliesch aneinander. Südliche Weinmosel heißt die Region. Vis-à-vis glänzen Remich, Wormeldange, Ahn und Grevenmacher an der Luxemburger Wäistrooss, der Weinstraße. Fünf Brücken verbinden das Großherzogtum mit der deutschen Uferseite.

Über weitere 206 Kilometer schlängelt sich der Fluss über deutsches Staatsgebiet. Schon bald nach der Grenze erreicht er Trier. Ab da wirft sich die Mosel dramatisch in Pose. Mäander werden die vielen Biegungen und Schleifen genannt. Der Begriff stammt vom griechischen Namen „Maiandros” für den „Büyük Menderes”, auf Deutsch: Großer Mäander, in der heutigen Westtürkei. Schon in der Antike war das Gewässer berühmt für seine zahlreichen Schlingen.

Die Mosel passiert Schweich und Neumagen-Drohn, später Bernkastel-Kues und Traben-Trarbach, bei Zell lässt sie sich Zeit für eine 15 Kilometer spektakulär lange Schleife. Vor Bremm dreht sich der Fluss bei Mosel-Kilometer 75,40 fast auf der Stelle um 180 Grad. Mit einem Radius von nur 350 Metern ist es die engste und für die langen Frachtkähne ungünstigste Kurve.

Heute gleiten Kanus, Hotelschiffe, sogar Wasserskifahrer und Stand up-Paddler über das Wasser. Schon die Römer waren auf der Mosel mit ihren Galeeren unterwegs. Das erste Dampfschiff, die Ville de Metz, tuckerte 1839 innerhalb von rund sechs Stunden von Metz nach Trier. Die ersten Touristen kamen zu Beginn des 19. Jahrhunderts an die Mosel. Vor allem britische Maler der Romantik trugen die Schönheiten des Tales in die Welt. Ab 1958 wurde die Mosel kanalisiert und seit 1964 ist sie eine internationale Wasserstraße, die den französischen Ort Neuves-Maisons und Koblenz miteinander verbindet.

Nach 550 Flusskilometern verschwinden am Deutschen Eck im Schnitt 380 Kubikmeter Moselwasser pro Sekunde im Rhein. Wenn man bedenkt, dass die Luftlinie zwischen Quelle und Mündung nur 280 Kilometer beträgt, kann sich jeder vorstellen, wie viele Haken die Mosel auf ihrer langen Reise schlägt. Hinter jeder Flussbiegung wartet eine neue Geschichte. Und links und rechts des Ufers hat Weingott Bacchus in Allianz mit fleißigen Winzerinnen und Winzern einen Garten Eden erschaffen. Eine Region für Genießer und Kenner ist das Moseltal allemal.

Typisch Mosel !

Schon gehört, schon gewusst, schon da gewesen ?

Pündericher Hangviadukt

Stairway to Heaven

Wer etwas Besonderes sehen will, muss manchmal viele Stufen steigen, um einen attraktiven Ausblick zu genießen. Bei diesen Plattformen lohnt sich die Mühe:

- Die Aussichtsplattform auf dem Gelände der Festung *Ehrenbreitstein* präsentiert den berühmten Blick über Koblenz, Rhein und Mosel.
- Der Aussichtsturm *Mönch-Felix-Hütte* in Niederfell bietet eine 1a-Sicht auf Kobern-Gondorf mit Schloss Liebieg.
- Der Turm auf dem *Grainskopf* im Wehlener Wald eröffnet ein 360-Grad-Panorama vom Liesertal über Zeltingen bis zur Hochmoselbrücke und Ürzig.
- Zu Füßen des *Prinzenkopfturms* bei Pünderich dreht die Mosel eine beinahe 14 Kilometer lange Ehrenrunde. Das ist einzigartig in der Region.
- Dass es im Stadtteil Trarbach in der Moselstraße einen Aussichtsturm gibt, hat sich bislang noch nicht überall herumgesprochen. Dabei wurde das 24 Meter hohe Überbleibsel der mittelalterlichen Stadtbefestigung vorbildlich saniert.
- Der fast 30 Meter hohe Aussichtsturm *Fünf-Seen-Blick* ragt aus dem Wald bei Detzem heraus. Die besondere Perspektive lässt die Mosel wie fünf Seen erscheinen.

Rarer Schatz aus Papier

Schon gewusst, dass Trier neben seinen neun UNESCO Weltkulturerben aus Stein auch eines aus Papier zu bieten hat? Der sogenannte *Egberti-Codex* stammt aus den Jahren zwischen 980 und 993. Die 165 zerbrechlichen Pergamentblätter der unschätzbar wertvollen Handschrift sind bis heute erhalten. Er ist nicht nur der weltweit älteste Codex, der die Geschichte des Lebens und der Taten Jesu präsentiert, sondern gleichzeitig auch einer der prachtvollsten Codices, die in der ottonischen Buchmalerei geschaffen wurden. Die Farben der 60 kostbaren Buchmalereien mit reichem Gold- und Silberschmuck strahlen wie früher. Mit anderen wichtigen Dokumenten aus Mittelalter und Früher Neuzeit wird das Weltdokumentenerbe in der Schatzkammer der Stadtbibliothek Trier gezeigt.

Friede den Hütten

Eine Hütte zur Einkehr beim Wandern gesucht? Davon gibt es einige in der Region. Zum Beispiel am Gipfelkreuz auf dem Bremmer *Calmont*. Dort schenkt die Familie Franzen am Wochenende ihre Weine aus. Kuchen, kleine Snacks und eine grandiose Aussicht über die wohl berühmteste Moselschleife gibt es auch.

Stärkung mit Spitzenpanorama bietet auch die Einkehrstation am *Collis Turm* hoch oben über Zell. Ob sie geöffnet ist, erkennt man an der wehenden blauen Fahne.

Zur besten Wanderzeit im Frühjahr und im Herbst wird die *Drieschhütte* am Wochenende zur Einkehrstation umgewandelt. Sie liegt am Höhenweg von der *Marienburg* zum Reiler Hals oberhalb des Hangviadukts. Ein Geheimtipp ist die Wandergaststätte in den Weinbergen über Bernkastel-Kues. Man erreicht sie über die Straße vom Graacher Tor durch die Doktor-Weinberge. In der Straße „Auf dem Rech" in Starkenburg versorgt der *Hüttenzauber* Gäste mit Speckpfannekuchen, Fleischkäse und Bier.

Schmelz unterm Pelz

Der Weinbergpfirsich ist eine tief mit der Region verwurzelte Frucht. Überall begegnet man dem pelzigen Knirps mit dem purpurfarbenen Fruchtfleisch. *De rude Peesch* hat eine bräunlich-grüne Haut. Und er ist weniger süß, schmeckt eher leicht herb als andere Pfirsiche, die wir kennen. Fernab der Weinbau-Regionen sind die Früchte meist weder im Einzelhandel noch auf Märkten zu kaufen. Um die kostbare Ernte im September zu ergattern, muss man schon an die Mosel fahren.

Die Römer haben die Pflanze an den Hängen heimisch gemacht. Seit Generationen werden mit den Früchtchen Kuchen gebacken und Schnäpse gebrannt. Sie kommen mit Prosecco übergossen, als Eis oder Marmelade daher. Bestseller ist der Weinberpfirsich-Likör. Fast jedes Lokal an der Mosel führt den Weinbergspfirsich in irgendeiner Form auf der Karte.

Wo ist die 7?

Wenn die Sonne scheint weiß jeder, der in Wehlen unterwegs ist, wie viel Uhr es ist. Denn mehr als 50 Sonnenuhren schmücken Hauswände, Gärten und die Brücke. Tendenz steigend, denn Wehlen will das „Dorf der Sonnenuhren" werden. Den Stein ins Rollen brachte Jodocus Prüm, als er 1842 einen geräuschlosen Zeitmesser in seinen Weinberg setzte. Die Wehlener Sonnenuhr ist weltberühmt, gibt sie doch einer der besten Weinlagen ihren Namen. Eine 7 sucht man auf ihrem Zifferblatt allerdings vergebens. Ob der Erbauer sie verschusselt hat? Oder war er abergläubisch und fürchtete die magische 7? In Wahrheit war der Anlass rein pragmatischer Natur: Die Sonnenuhr ist so platziert, dass sie jeweils um sieben Uhr morgens und abends im Schatten liegt. Also hat er die Zahl, die ohnehin nie angezeigt würde, gleich weggelassen.

Hopfen und Malz

Bier im Moselland? Das gibt es natürlich auch. Im *Brauhaus Kloster Machern* in Wehlen fließen Unikate aus dem Hahn, die Michael Berthold in seiner Brauerei nebenan in kupfernen Kesseln zaubert. Neben den drei Hauptsorten Hell, Dunkel und Weizen stehen vier Saisonbiere auf der Karte. Der restaurierte *Bahnhof Cues* in Bernkastel-Kues überzeugt mit hauseigenem Cusanus Bräu. Und 20 Kilometer entfernt von Trier bietet das *Mannebacher Brauhaus* neben seinem Gerstensaft auch Übernachtungsmöglichkeiten für Wanderer und Radfahrer an. Das *Brauhaus Zils* in Naurath ist die ideale Einkehrmöglichkeit nach einer Wanderung auf der Meulenwald-Route.

Am moseligsten!

Die vielen Flussschleifen, Weinberge und Burgen genügen ihnen nicht. Deswegen überbieten sich die Moselaner in Spitzenleistungen und Rekorden.

- Seit der Einweihung 1464 bietet das *Cusanusstift* ununterbrochen Fürsorge und Unterkunft und ist somit das älteste Altenheim der Republik.
- Mit 786 Metern gilt das *Pündericher Hangviadukt* hierzulande als das längste seiner Art. Insgesamt wurden 19.000 Quadratmeter Mauerwerk verbaut.
- Das *Buddha-Museum* in Traben-Trarbach beherbergt die kleinste Buddha-Statue der Welt. Sie ist so groß ist wie ein Streichholzkopf.
- Der Kinder- und Jugendbuchautor Stefan Gemmel aus Lehmen hat es mit dem größten Publikum bei einer Lesung (5542 Zuhörer) ins Guinnessbuch der Rekorde geschafft.
- Martina Servaty aus Mesenich presste barfuß 12,76 Liter Saft aus einem mit 50 Kilogramm Trauben gefüllten Fass. Weltrekord!
- Seit 1950 wird die Deutsche Weinkönigin gekürt. Erfolgreichstes Anbaugebiet mit zwölf Siegerinnen ist die Mosel. Drei davon stammen aus Mehring.
- Im Jahr 1900 erwarb Julius Wegeler eine Parzelle im Bernkasteler Doctor. Er zahlte 100 Goldmark pro Rebstock. So ein hoher Preis wurde in Deutschland nie mehr für einen Weinberg erzielt.
- Auch die größte deutsche Kellerei hat in Bernkastel-Kues ihren Sitz. Pro Tag füllt das Unternehmen Peter Mertes rund eine Million Flaschen und schickt sie in alle Welt.

Feiere deinen Nächsten wie dich selbst

Pferdefestival – das ist Sommer, schrille Klamotten und ganz viel Spaß. Was 2007 als Party mit etwa 400 Gästen in der *Güterhalle* in Bernkastel-Kues begann, ist zu einem überregional bekannten Event geworden.

Träger des Festivals ist der Verein für Kunst, Kultur und Inklusion, ihr Motto: „Feiere deinen Nächsten wie dich selbst!“ Immer im August verwandeln Veranstalter Roman Bastgen und sein Team eine Lichtung in Piesport in ein Festivalgelände mit Moselpanorama und Zirkuszelt. Dabei heraus kommt ein grandioses Spektakel mit Musik aller Genres und Aktionskunst. Außerdem gibt es reichlich Platz für Wein- und Essensstände, Zelte oder Camper.

Kurioses Ausflugsziel

In Ernzen hatte ein Pastor im 19. Jahrhundert die Idee, einen Teich zu bauen, um darin Karpfen zu züchten. Die Bevölkerung war damals sehr arm. Den Lohn der Arbeiter zahlte er aus eigener Tasche. Heute würde man es wohl Arbeitsbeschaffungsmaßnahme nennen. Und tatsächlich entstand unter der Anleitung des Pastors eine kuriose Anlage mit Brückchen, Treppen, Bassins und Nischen. Nur das mit den Karpfen hat nicht so recht funktioniert. Der bizarre *Felsenweiher* wurde jedoch schnell zum beliebten Ausflugsziel und ist es bis heute geblieben. Man findet ihn gut 20 Autominuten von Trier entfernt am Eingang zum Gutenbachtal nahe des Sportplatzes von Ernzen. Oberhalb des Weihers kann man eine Lauschstation ausprobieren: Wer an der Kurbel dreht, bekommt die Geschichte des Felsenweihers erzählt.

Einzigartiger Weinkeller

Schon gewusst? Das *Kirchengut Wolf* besitzt den bislang einzig bekannten Weinkeller, der direkt unter einer Kirche liegt. Er wurde ab 1488 von der Bruderschaft gebaut, die im Wolfer Kloster lebte, und bietet Platz für 14 Fuderfässer. Während der Reformation wurde die Glaubensgemeinschaft aufgelöst und die evangelische Kirchengemeinde gegründet. Sie führte das Weingut fort. Die heutige Wolfer Kirche wurde 1685 auf dem alten Gewölbekeller errichtet. Besichtigen kann man das Kleinod am Wolfer Straßenfest oder bei einer Führung.

Die Tourist-Info in Traben-Trarbach gibt Auskunft zu Touren durch die Unterwelt. www.traben-trarbach.de

Mythos Mosel zieht an

Das Wochenende nach Pfingsten gehört zu den höchsten Feiertagen der Winzer und Tausende Weinliebhaber feiern mit. Dazu begeben sie sich am Fluss auf eine ganz besondere Rieslingreise. *Mythos Mosel* heißt diese spezielle Jahrgangsverkostung, bei der etwa 30 Weingüter an einem 20 Kilometer langen Flussabschnitt ihre Tore öffnen. Zudem lädt jedes davon weitere drei Gastbetriebe von anderen Teilen des Weinanbaugebiets zu sich ein. Das Spektrum reicht von noch unbekannten Jungwinzern über angesagte Newcomer bis zu international renommierten Spitzenproduzenten. Wer flott unterwegs ist, kann an zwei Tagen rund 700 Weine probieren.

An welchem der drei Moselabschnitte die Veranstaltung stattfindet erfahren Sie unter: www.mythos-mosel.de

Tour de Mosel

Mehr als 1000 Kilometer Radwege durchziehen das Moselland. Etwa der Maare-Mosel-Radweg mit seinen Tunneln und Viadukten oder der Pfad ab Konz entlang der Saar. Doch der Star ist der Moselradweg, der Deutschland, Luxemburg und Frankreich miteinander verbindet. Mit der neuen Lauschtour-App wird das grenzüberschreitende Erlebnis auch zu einem akustischen Ereignis: Denn auf der rund 240 Kilometer langen Strecke vom saarländischen Perl bis zum Deutschen Eck lenkt die Audiotour immer wieder den Blick auf Entdeckungen am Wegesrand. Winzer, Kulturbotschafter und Gästeführer lüften so manches Geheimnis, erzählen Geschichten und Anekdoten.

So geht's: Die Tour *Lauschpunkte am Mosel-Radweg* vor der Radtour herunterladen. Beim Start werden die Inhalte auf Smartphone gespeichert, so dass unterwegs kein Internetempfang notwendig ist.

www.mosellandtouristik.de

Das Wunder von Bad Wildstein

Schon mal das gelbe Wunder erlebt? In die Katakombe oder vom Uhufelsen geblickt? Die Trarbacher Schweiz ist gespickt mit mystischen Orten und kuriosen Aussichtspunkten.

Blick über das Kautenbachtal

Hubertus Schulze-Neuhoff sitzt vor der „Katakombe"

Bad Wildstein liegt im *Kautenbachtal.* Das Tal ist so eng, dass gerade eine Straße hinein passt. Doch es wimmelt nur so von wundersamen Plätzen. Am namensgebenden Bach des kleinen Stadtteils von Traben-Trarbach demonstriert Meteorologe Hubertus Schulze-Neuhoff das erste Phänomen. Zunächst misst er die Temperatur des Kautenbachs. Dann misst er ein zweites Mal nur wenige Zentimeter von der Messstelle entfernt, wo aus einem Zufluss ockergelbes Wasser plätschert. Tatsächlich schnellt die Quecksilbersäule um zehn Grad nach oben. Hubertus nennt es stolz das Wunder von Bad Wildstein.

Das warme Wasser, das sich unterirdisch seinen Weg in den Kautenbach bahnt, kommt aus dem alten Bergwerksstollen auf der gegenüberliegenden Straßenseite. Die sogenannte Ockerquelle hat ihre eigene Geschichte. Wie so vieles in Bad Wildstein. Sie erzählt von der zweiten Einnahmequelle der Traben-Trarbacher, als der Mosel-Wein in die Pokale der Reichen und Mächtigen dieser Erde lief.

Seit 200 Jahren sind die Thermalquellen bekannt. Um ihre Heilkraft zu nutzen, wurde um 1880 ein Badehaus am Quellenausgang gebaut. Bald folgte ein Kur- und Logierhaus mit Park. Aus allen Ecken des Landes reisten Menschen an, um ihre Leiden zu kurieren.

Zwar ist das Badehaus längst verwaist, doch die Erholungsbedürftigen sind geblieben. Denn mit dem Ayurveda Parkschlösschen beherbergt das Kurhaus heute das einzige Hotel in Deutschland, das sich gänzlich der fernöstlichen Heilkunst verschreibt. Und in der Moseltherme entspannen sich Menschen im 33 Grad warmen Wasser.

Neben der Therme liegt der Eingang zur *Trarbacher Schweiz.* Die Bezeichnung geht auf Philipp Adam Storck zurück, der 1818 die Mosella des Römers Ausonius in seine Muttersprache übersetzte. Er schwärmte von der alpinen Landschaft mit ihren Schluchten. Viele verschlungene Wege führen durch diese urwüchsige Natur. Und Hubertus Schulze-Neuhoff, der umtriebige Botschafter der Trarbacher Schweiz, kennt sie alle. Er verweist auf die *Katakombe*, eine Schieferhöhle im Wald. Oder auf bizarre Felsformationen wie die Bischofsmütze und den Aussichtspunkt Uhufelsen. Es sind markante Stationen auf dem Wirtzfeld- oder Waidmannspfad, die sich durch die Berglandschaft schrauben. Dass man sie erlaufen kann, ist den „Ameisen" zu verdanken. Denn der rührige Verein schneidet die Wanderwege frei und baut an unwegsamen Stellen Geländer.

Auch Hubertus ist eine Ameise. Doch sein neustes Projekt ist die Ockerquelle. Mit seinem Verein „Die Quellenfreunde" hat er sie in Szene gesetzt. Dafür wurde der zugewucherte Stollen freigelegt, gesichert und eine digitale Anzeige informiert über die Wassertemperatur. Wo die Quelle mündet, hat Hubertus ein Schild mit der Aufschrift „Thermalfußbad" aufgestellt. Eigentlich sollte man sie Hubertus-Quelle nennen.

Kunst im Bau

Mit ihrer Kulturwerkstatt Paulushof hat Mana Binz ein einzigartiges Kunstwerk geschaffen. Man läuft durch eine Welt voller Inspiration, Licht und Farben. Es ist ein Fest für Augen und Seele.

Lieser hat einige besondere Gebäude. Etwa die kleine Paulskirche im Weinberg über dem Dorf. Oder der 500 Jahre alte *Posthof* der Thurn und Taxis und natürlich das Schloss am Moselufer. Doch ein ganz und gar ungewöhnliches Ensemble bleibt den meisten Augen verborgen: Hinter einer Mauer in der Paulsstraße, unweit des Marktplatzes, breitet sich ein bewohnbares Kunstwerk mit reichem Innenleben aus. Schon die speziellen Wetterfahnen auf dem Dach geben einen Hinweis darauf, dass es hier um mehr geht als wohnen.

In dem Anwesen lebt und arbeitet Mana Binz. In ihrer Werkstatt entstehen Bilder in Acryl und Öl oder auf Stoff, die Öfen laufen auf Hochtouren für fantasievolle Glasobjekte.

Die Künstlerin ist in dem ehemaligen Pfarrhaus unter der Kirche geboren und aufgewachsenen. Gut zwei Jahrzehnte lang war sie in Brüssel zuhause, betrieb dort ihr Atelier und machte sich mit Ausstellungen in Belgien, Frankreich und Luxemburg einen Namen. Dann zog es sie zurück nach Lieser an die Mosel.

Wie Mana Binz ihr Elternhaus verwandelt und ausgestattet hat kann sprachlos machen. Sie kaufte die angrenzenden Gebäude aus vergangenen Jahrhunderten hinzu, um sie aufwendig zu sanieren und durch Glas-Stahl-Konstruktionen geschickt miteinander zu verbinden. Es ist der Künstlerin eine Herzensangelegenheit, die Ortskerne der Dörfer zu erhalten. Doch vor allem entstand eine lebensfrohe, kreative Stätte für Kunst: Die *Kulturwerkstatt Paulushof* mit Turm, Weinkeller, vielen Räumen, Werkstatt und traumhaftem Garten.

Heute wohnt die Künstlerin in diesem Gesamtkunstwerk über mehrere Etagen inmitten vieler ihrer Werke. Wie in einem Labyrinth führt der Weg durch die Gebäude, deren Anfang oder Ende man kaum mehr erkennt. Es geht über Treppen mit geschwungenen Geländern und von einem Raum zum anderen, vorbei an unzähligen Kunstobjekten, die Mana Binz mit Fingerspitzengefühl neben modernen und antiken Möbeln arrangiert hat. Manche Räume haben sakralen Charakter, in anderen warten lange Tische auf Gäste. Es leuchtet, glitzert und strahlt. Skulpturen sind zu sehen, großflächige Bilder hängen an den Wänden. Es ist eine Welt voller Lebensfreude, Licht und Farben. Sogar eine himmelhohe Decke hat die Künstlerin in imposante Fresken verwandelt.

Da stehen große, gläserne Skulpturen oder bunte Glasstelen, mehr als zwei Meter hoch. Zum Beispiel zum Thema „Welten im Wein". Allen gemein ist das Motiv einer von oben nach unten durchgeschnittenen Flasche, je zwei Stelen machen die Weinflasche komplett. Mehrere Quadratmeter große, auf Stoffe gemalte „mobile Fresken" erzählen Geschichten. Doch das größte Exponat, dass die Künstlerin je schuf, ist dieses inspirierende Anwesen in der Paulsstraße in Lieser.

Ein Date mit den Delfinen der Weide

Zuckerschock, Alpakas kreuzen den Weg! Mit ihren ulkigen Frisuren und den hinaufgezogenen Mundwinkeln bringen sie die Herzen in Sekunden zum Schmelzen. Merlin, Frodo und ihre sechs zotteligen Kollegen sind eine Bilderbuch-Herde für alle Felle. Wenn die Anden-Kamele auf der Weide stehen und aus großen Kulleraugen in die Welt schauen, ist es um Passanten schnell geschehen. Mein Gott, sind die süß. Es ist nicht leicht, beim Anblick von Alpakas die Contenance zu wahren.

Allerdings sind die kleinen Südamerikaner gar nicht wild darauf, von Fremden geknuddelt zu werden. Tatsächlich gehen sie auch untereinander nicht in den Kuschel-Modus, erklärt Katrin Helbig, die gemeinsam mit Silke Kost die Farm *Abayomi* im Liesertal betreibt.

Der afrikanische Name Abayomi bedeutet „freundliches Zusammentreffen". Und genau das ist dieses spezielle Date mit den flauschigen Alpakas und ihren netten Besitzerinnen auch. Schon die Landschaft um die Herde herum ist ein Traum. Genau dort bieten die beiden Frauen Spaziergänge mit ihren acht Tieren an. Natürlich darf man die Alpakas streicheln, allerdings bitte am langen Hals. Und hat man sich erstmal angefreundet, lassen sie sogar eine Umarmung langmütig über sich ergehen. Der Knaller ist für viele Besucher natürlich ein Selfie mit grinsendem Alpaka.

Sehr gerne trotten sie am Halfter gehalten über die Wiesen zum Fressen. Die beruhigende Art der sympathischen Zeitgenossen steckt einfach an. Deshalb werden die kleinen Verwandten der Lamas auch oft mit Delfinen verglichen und ebenso als Therapietiere eingesetzt. Unterwegs lernt man dann zum Beispiel, dass die Zähne ab und an gekürzt werden müssen. Und regelmäßig geht's zum Frisör – koste es, was es „Wolle". Denn das Fell, das neben Seide zu den kostbarsten Geweben der Erde gehört, schränkt die Vierbeiner in ihrer Bewegungsfreiheit ein. Aus dem „Vlies der Götter" – wie die Südamerikaner sagen – werden Füllungen für Steppbetten gemacht.

Ein Alpaka kommt selten allein. Um glücklich zu sein, brauchen sie ihre Artgenossen. Dabei herrscht eine klaren Rangordnung in der Herde. Von wegen flache Hierarchie: Sam ist der Chef der Weide. Wenn er in Alpaka-Sprache „klackert" ist es seine Art, Besuchern zu stecken, dass sie auf seinem Grundstück stehen. Benimmt sich eines der anderen Tiere daneben, gibt es von Frodo eins auf die Mütze. Merry hält sich beim Spaziergang grundsätzlich am Schluss und Silas hat sich als Selfie-Experte einen Namen gemacht. Einfach ruhig an ihn heranrücken, abwarten, klick und ab damit ins Netz. Wer sich nicht wenigsten ein bisschen freut, ein Alpaka zu sehen, dem ist vermutlich auch sonst nicht mehr zu helfen.

Alpakas sind flauschig und haben ein witziges Gesicht. Das Internet ist voll mit den knuffigen Tieren. Wer die sympathischen Vierbeinern persönlich kennenlernen will, findet auf der Farm Abayomi in Lieser sein Glück.

Motive mit Like-Garantie

Daumen hoch! Es gibt überraschende Motive, die Fotografen den Jubel der Netzgemeinde sichern. Man muss nur wissen, wo man sie findet.

Was der eine beschallt, setzt der andere fotografisch in Szene. Zusammen haben der klassische Trompeter Daniel Ackermann und Moselfotograf Klaus Breitkreutz aus Lehmen das Projekt „Hommage an die Mosel" ins Leben gerufen. Buch und CD sind eine Liebeserklärung an ihre Heimat geworden.

Die Wallfahrtskirche auf dem Bleidenberg zieht an – Wanderer, Pilger und Fotografen. Sie thront am Rand eines Plateaus über Oberfell und Alken. Klaus Breitkreuz hat die mystische Stimmung zum Sonnenuntergang eingefangen. Auch das Innere der Kirche überzeugt.

oben: Für den Blick auf die Hatzenporter Campinginsel Sonnenwerth ist der Moselfotograf zum „Küppchen" gelaufen. Der Aussichtspunkt ist von der Gaststätte in der Gartenstraße 16 in Münstermaifeld-Lasserg schnell zu erreichen.
unten: Die Aussicht auf Kobern-Gondorf mit der Matthiaskapelle hat Klaus Breitkreutz vom Rosenberg eingefangen. Er liegt am „Tatzelwurmweg", der am Marktplatz in Kobern-Gondorf beginnt.

oben: Die Paulskirche thront über dem Liesertal. Sie ist über die Paulsstraße ab Lieser zu erreichen. Fährt man an ihr vorbei den Berg hinunter, erreicht man den idealen Standort für Fotografen.

unten: Das Postkartenmotiv hat Achim Gaasterland in Veldenz eingefangen.

oben: Aufnahme der Autorin: Das reiche Innenleben der Matthiaskapelle in Kobern-Gondorf überrascht. Sie kann ab Ostern bis Allerheiligen jeden Sonn- und Feiertag von 11 – 17 Uhr besichtigt werden.

unten: Zwischen Pünderich und Bullay hat Gabriele Nohn-Steinicke die Landschaft um die Marienburg fotografisch in Szene gesetzt.

Besuch der alten Dame

Blick von der Mariensäule auf Trier

Antike Baukunst, barocke Schönheiten und ein umstrittenes Geschenk aus Fernost. Ein rostiger Turm und Kirchen, die selbst Atheisten in Ehrfurcht versetzen. Wer mag, knipst an der Mariensäule das Licht an und begibt sich auf die Suche nach dem Teufelchen im Dom. In Trier wimmelt es von Sehenswürdigkeiten, so dass man Tage braucht, um alle zu entdecken. Auf welche kommt es an?

Die prächtige Kirche St. Paulin

oben: Porta Nigra (li) und Konstantin-Basilika (re)
unten: Turm der Träume und Sehnsüchte (li) und St. Matthias (re)

Deutschlands wohl älteste Stadt hat zwar keinen Intercity-Anschluss, dafür aber ein Stadttor, dessen Bild vermutlich rund um den Globus gereist ist. Mit mehr als 2000 Jahren ist Trier schon eine sehr betagte Dame. Als schillernde Kaiserresidenz *Augusta Treverorum* galt sie einst als Roma secunda, als zweites Rom. Heute gibt es hierzulande kaum einen anderen Ort, an dem man sich so gut vorstellen kann, wie das Leben in einer antiken Metropole gewesen sein muss. Was die etwa 110.000 Trierer und Triererinnen für ihre Innenstadt halten, ist für die anderen ein Freilichtmuseum mit Autos und Geschäften.

Allerdings gibt es in Trier nicht nur bestens erhaltene Römerbauten zu bewundern, sondern auch bemerkenswerte Gebäude aus dem Mittelalter sowie der Neuzeit. Immerhin neun davon hat die Unesco als Weltkulturerbe geadelt. So viele gibt es sonst nirgendwo in Deutschland auf so engem Raum.

Um sich einen ersten Überblick zu verschaffen, begeben sich Neuankömmlinge am besten auf den *Petrisberg*, um von dem ehemaligen Truppenübungsplatz auf Trier herunter zu gucken. Bereits 30 vor Christus hatten die Römer dort ein Militärlager aufgeschlagen. Ab Juli 1945 kamen dann die Franzosen. Nach deren Abzug wurde das Gelände zur Landesgartenschau fein gemacht. Zu diesem besonderen Anlass schenkte die Stadt Luxemburg der Stadt Trier eine ungewöhnliche Skulptur. Den *Turm der Träume und Sehnsüchte* den der renommierte Luxemburger Architekt François Valentiny konzipierte. Die etwa 20 Meter hohe Stahl-Konstruktion, im Volksmund *Turm Luxemburg* genannt, ist begehbar und sieht auch nur so aus, als würde sie rosten.

Nur einen Steinwurf davon entfernt liegt an der Sickingenstraße ein beliebter Aussichtspunkt der Stadt. Alles von Rang und Namen ist von hier aus gut zu erkennen: Vom roten Ziegeldach der *Konstantin-Basilika* bis hin zu den Ruinen der *Kaiserthermen*, die nie einen Tropfen Wassern gesehen haben. Denn weil Auftraggeber Kaiser Konstantin seinen Amtssitz von Trier nach Konstantinopel verlegte, wurde der damals schon recht weit fortgeschrittene Prachtbau gestoppt. Das Labyrinth der römischen Kellergänge, die besichtigt werden können, ist von dort oben allerdings genauso wenig zu sehen wie die Mosel.

Dass Trier an der Mosel liegt, merkt man ohnehin nur in *Zurlauben*. Früher wohnten dort die Fischer und Schiffer. Heute sind in den historischen Häuschen Gaststätten untergebracht – von der Kneipe bis zum Gourmet-Tempel ist alles dabei. Davor Biergärten mit mehr als 700 Sitzplätzen.

Wer die Mosel von oben sehen will, ist oberhalb der roten Felsen am gegenüberliegenden Ufer gut aufgehoben. Der beste Aussichtspunkt liegt auf dem *Markusberg*, wo sich die 40 Meter hohe Mariensäule erhebt. Weitgehend finanziert von privaten Spendern, erstrahlt das Bauwerk im Dunklen in gelbem Licht. Wer möchte, bestellt bei der Dom-Information die Beleuchtung als Geschenk für einen lieben Menschen. Für 5 Euro pro Nacht bekommt man eine Urkunde ausgehändigt, in die man eine persönliche Widmung eintragen kann.

Dom, barocke Stuckdecke in der Westapsis

Die Säule ist mit dem Auto vom Stadtteil Euren über die Straße *Auf der Jüngt* und mit den Bussen der Linie 10 leicht zu erreichen. Geheimtipp: Nur gut 15 Gehminuten entfernt, versteckt sich der Sirzenicher Wasserfall im Wald. Vor der Plattform der Säule breiten sich viele der Welterbestätten aus. Zum Beispiel das Amphitheater, die Porta Nigra und die älteste Bischofskirche im Land. Den Trierer Dom *St. Peter* hat die Nachwelt der Kaiserin Helena zu verdanken. Denn um 340 überließ die Mutter Konstantin des Großen ihren Palast dem Trierer Bischof zum Bau der Kathedrale, die über die Jahrhunderte hinweg immer wieder erweitert und ausgeschmückt wurde. Deshalb kann man heute an diesem einen Platz in sage und schreibe 1.700 Jahre Architekturgeschichte eintauchen.

Die meisten Besucher legen den Kopf in den Nacken, um die barocke Stuckdecke in der Westapsis zu betrachten. Gleich nebenan beeindruckt die filigrane *Liebfrauenkirche* mit ihrem warmen Licht, der bunten Glaskunst der Fenstern und ganz viel Atmosphäre. Doch es gibt ein Kleinod zu entdecken, das viele bislang noch übersehen: Das Kirchen-Ensemble ist durch einen Kreuzgang miteinander verbunden. Wer rechts im Dom, gleich neben den flackernden Kerzen, die Glastür öffnet und durch die zweite Tür dahinter tritt, gelangt an diesen spirituellen Ort. Es ist ein ganz besonderes Refugium der Stille, in dem man fernab vom Trubel der Stadt seinen Gedanken nachgehen kann.

Der Teufel im Dom

Die kostbarste Reliquie des Doms, der *Heilige Rock*, wird verschlossen aufbewahrt und nur äußerst selten öffentlich gezeigt. Und noch etwas bleibt den meisten Augen verborgen: Oben in der Schwalbennestorgel versteckt sich ein Pan. Oder ist es gar der Teufel? Nur wer im richtigen Moment dort ist, entdeckt den kleinen Gesellen. Denn der Hirtengott mit Flöte vor dem Mund und Hörnchen auf dem Kopf versteckt sich in einer Luke, die nur der Organist mit Hilfe eines Hebels beim Spiel öffnen kann. Aus 16 Meter Höhe erfüllt das mächtige Instrument mit 5602 Pfeifen die Kathedrale mit ihrem Klang.

Mit einer Ausdehnung von 112,5 mal 41 Metern ist der Dom zwar das größte aller Kirchengebäude der Stadt. Doch davon gibt es viele. Wegen ihrer hohen Dichte an Gotteshäusern bezeichnete Goethe Trier despektierlich als „altes Pfaffennest". Zwar machte Napoleon ein Dutzend Kirchen und Klöster dem Erdboden gleich. Dennoch stehen heute noch immer über 30 Sakralbauten. Zum Beispiel zieht es Pilgerscharen in die Benediktinerabtei *St. Matthias* im Süden der Stadt, um das Grab des Apostels Matthias zu verehren.

Ein besonders Glanzstück versteckt sich im Trierer Norden: Die Kirche *St. Paulin*. Ein Blick auf die schlichte Fassade lässt nicht vermuten, welch prunkvolles Interieur sich im Inneren verbirgt. Hinter der schweren Eichenholztür eröffnet sich dem Besucher ein Farbenspektakel. Leuchtend weiße Wände lenken den Blick auf den goldenen Hochaltar. Engel scheinen im Raum zu schweben. Ein aufwändiges Deckenfresko setzt mit Hunderten von Figuren die Geschichte des heiligen Paulinus und das Martyrium der Thebäischen Legion in Szene. Bei dieser Pracht staunen selbst Atheisten. Das reiche Innenleben

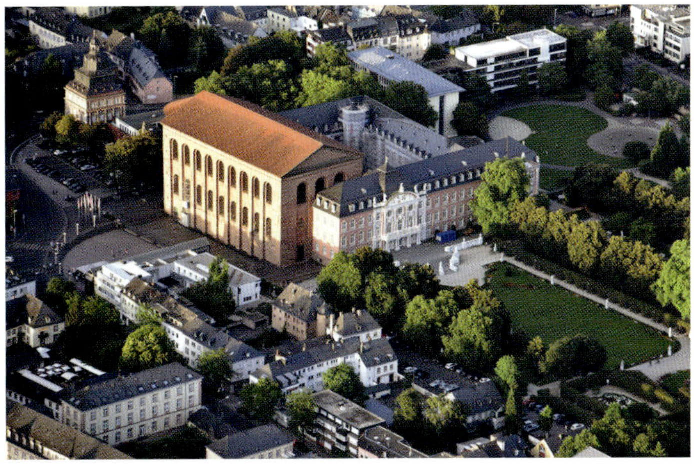

oben: Kreuzgang zwischen dem Dom und der Liebfrauenkirche und Ensemble von Palais mit Basilika
unten: Historischer Ortskern (li) und Kaisertherme (re)

trägt die Handschrift des Würzburger Baumeisters Balthasar Neumann, dessen Antlitz einst den 50-DM-Schein prägte.

Doch eines der bekanntesten Gotteshäuser in Trier war ursprünglich gar keine Kirche: Die *Konstantin Basilika* wurde vom namensgebenden Kaiser als Audienzhalle errichtet. Heute ist sie der weltweit größte erhaltene Einzelraum der Antike mit enormen Ausmaßen: 67 Meter lang, 27 Meter breit, 33 Meter hoch. 1.300 Menschen finden in der Halle Platz. Mit der Architektur wollten die Römer Größe und Macht ihres Weltreichs demonstrieren, was ihnen auch eindrucksvoll gelang. Wer darin steht, fühlt sich winzig. Erst seit Mitte des 19. Jahrhunderts wird dieses Überbleibsel der Kaiserzeit als erste protestantische Kirche im katholischen Trier genutzt.

Gleich um die Ecke leuchtet zartrosa das *Kurfürstliche Palais*. Das Rokoko-Gebäude war bis 1798 die Residenz der Erzbischöfe von Trier. Weil es heute eine Behörde beherbergt, bekommt man den Barocksaal nur zu bestimmten Terminen zu sehen – die Tourist-Info hilft weiter. Der angrenzende *Palastgarten* ist jederzeit zugänglich. Ein zauberhaftes Blumenparadies mit eleganten Brunnen und imposanten Statuen.

Neuerdings wurde Trier um eine Statue reicher. Wem gedachte man auf dem Simeonstiftplatz damit wohl?

Immerhin lebten berühmte Römer in der Stadt, Napoleon war da und Dichterfürst Johann Wolfgang von Goethe. Auch Guildo Horn ist in Trier geboren. Doch in der Brückenstraße Nummer 10 erblickte am 5. Mai 1818 ein Mann das Licht der Welt, der selbige revolutionieren wollte: Karl Marx. Heute besuchen ganze Busladungen von Chinesen das darin unterbrachte Museum. Allerdings zog die Familie Marx schon kurz nach der Geburt des Sohnes ins Eigenheim in der Simeongasse. Ausgerechnet dort, wo einer der geistigen Väter des Kommunismus bis zu seinem 17. Lebensjahr wohnte, ist inzwischen ein Ein-Euro-Shop untergebracht.

Dass Karl Marx ein Sohn der Stadt ist, bleibt unübesehbar. Denn zu seinem 200. Geburtstag wurde nach heftigen Debatten eine Statue des Philosophen enthüllt, dessen Erbe bis heute für Kontroversen sorgt. Ein Geschenk Chinas an Trier. Das Werk des Künstlers Weishan Wu zeigt einen nachdenklichen Marx im Gehrock. Karl der Übergroße in Bronze ist 2,3 Tonnen schwer und mit Sockel 5,50 Meter hoch.

Wandern mit Gott, Hund und GPS

An der Mosel gibt es so geniale Wanderwege, dass man oft schreien könnte vor Glück. Dabei ist unterwegs oft noch mehr zu erleben als spektakuläre Natur: Von Klettersteigen über Freilichtkunst bis hin zu Abenteuerbrücken wird alles geboten. Und immer wieder kommen neue Pfade hinzu. Sogar für die Faulen.

Trittenheim

Pilgerherberge „Alte Lateinschule“ in Traben-Trarbach

Turgut Gül meißelte Mesenicher Köpfe in Stein

Geierlayschleife-Hängeseilbrücke

„Die Rausch“ im Endertbachtal

Die Mosel unten, ein knallblauer Himmel mit Schäfchenwolken oben und ein Rebenmeer in den Weinbergen dazwischen. Wo auch immer man im Tal entlang läuft, überall gibt es Burgen, Aussicht und Wein. Gewandert wurde an der Mosel eigentlich schon immer. Tatsächlich führt der *Moselhöhenweg* bereits seit 1910 auf beiden Flussseiten von Koblenz nach Trier. Doch der Bestseller kam 100 Jahre später: 2014 wurde der *Moselsteig* eröffnet und zählt heute zu den schönsten Fernwanderwegen im Land.

Alle über eine Klamm

Doch auch abseits des prominenten Pfades gibt es in der Region schillernde Perlen zum Wandern. Zum Beispiel wartet zwischen Emmelshausen und Brodenbach an der Mosel ein Juwel der Natur darauf, entdeckt zu werden. Sogenannten Klammen gibt es nämlich nicht nur in den Alpen – auch im Hunsrück kann eine abenteuerliche, enge Schlucht über Stege und Stufen durchlaufen werden. Seilgesicherte Passagen helfen dabei, rutschige Felsplatten schadlos zu überwinden. Zu sehen bekommt man schöne Aussichtspunkte, eine Burg-Ruine inmitten wilder Natur und bewirtschafte Mühlen. Zwar ist die Wanderung durch die *Ehrbachklamm* stramme 16 Kilometer lang, da der Weg jedoch stets talwärts führt, ist er auch für fitte Kinder zu meistern.

Abenteuer Hängeseilbrücke

Die Geierlayschleife ist nur knapp 5,5 Kilometer lang, dafür hat der Rundweg eine international bekannte Sehenswürdigkeit im Programm. Denn er führt vom Besucherzentrum in Mörsdorf über die namensgebende Hängeseilbrücke, die Menschen aus aller Welt begeistert. Eigentlich verbinden Brücken dieser Art zwei Berge miteinander. Zum Beispiel in Nepal. Doch zum einen liegt die *Geierlay* im Hunsrück, etwa 15 Kilometer von Cochem entfernt, zum anderen ist sie vor allem ein Touristen-Spektakel. Mit einer Länge von 360 Metern spannt sich das Meisterwerk über ein bewaldetes Seitental der Mosel, auf dessen Grund etwa 100 Meter tiefer ein Bächlein plätschert. Schwindelfreiheit ist hilfreich. Auch Hunde dürfen die Brücke überqueren – wenn sie sich trauen. Wer sich allerdings nicht wagt, die Füße auf die spektakuläre Konstruktion zu setzen, hat jederzeit die Möglichkeit, über eine Abkürzung wieder an den Ausgangspunkt der Route zu gelangen.

Freilichtkunst aus Steinen

Immer häufiger locken Wanderwege mit besonderen Attraktionen am Wegesrand. Wer zum Beispiel Lust hat, sich beim Wandern sportlich und mit Lokalkolorit mit Steinen zu beschäftigen, ist auf dem *Kulturweg Mesenicher Steinreichskäpp* goldrichtig. Unterwegs können Wanderer ihre Kräfte messen, ihr Gewicht in Steinen aufwiegen oder am Glücksrad drehen. Die Hauptattraktion sind die Werke des Künstlers Turgut Gül von der Mosel: Ein rund zwei Meter großer Kopf und die in Stein gemeißelten Portraits von Mesenicher Bürgerinnen und Bürgern. Kunst und Natur verschmelzen bei dieser Wanderung, die sich sogar für Faule eignet. Denn der rund drei Kilometer lange Weg durch die Weinberge von Mesenich ist so leicht zu laufen, dass darüber selbst Kinderwagen problemlos rollen.

Idylle mit Wasserfall

Der Erlebnisweg *Tal der wilden Endert* ist ein Geheimtipp für alle, die gerne an einem Bach entlang durch urwüchsige Natur mit viel Wald wandern wollen. Er führt von der *Wallfahrtskirche Martental* in der Eifel nach Cochem. Startpunkt und Ziel sind durch die Buslinie 713 miteinander verbunden. Ein erster Hingucker auf dem rund 13 Kilometer langen Pfad ist der Wasserfall namens *Die Rausch*, der sich aus sieben Metern Höhe über die Felsen stürzt. Ab dort schlängelt sich die Route über etliche Brückchen an steilen Abhängen und wunderbaren alten Mühlen vorbei. Darunter die *Göbelsmühle*, in die man einkehren kann. Am Ende des Tales, und damit auch am Ende der Wanderung, mündet der Endertbach in die Mosel.

Spirituell die Mosel entdecken

Pilgern auf dem Jakobsweg? Auch das ist möglich, ohne sich nach Santiago de Compostela in Spanien zu begeben. Denn der *Mosel-Camino* weist spirituellen Wanderern den 160 Kilometer langen Weg von Koblenz-Stolzenfels bis zum Grab des Hl. Apostels Matthias in Trier. Wallfahrtsorte oder -kirchen wie die *Dreifaltigkeitskirche Bleidenberg* oder das *Kloster Maria Engelport* liegen genauso an der Strecke wie „echte" Pilgerherbergen. Etwa die *Alte Lateinschule* in Traben-Trarbach – ein Kleinod mit Garten, das man jedem nur ans Herz legen kann. In Klausen bietet die Eberhardsklause Pilgern einen schönen Unterschlupf. Um die Moselschleifen zu umgehen, geht es auch immer mal wieder bergauf und bergab.

Informationen zum Mosel-Camino einschließlich des GPS-Tracks zum Download findet man auf der Homepage www.mosel-camino.info.

Olympisch unterwegs

Schnurstracks auf den *Olymp* führt die nächste Wanderung. Olymp? Der Gebirgszug ist doch in der Mythologie der Sitz der Götter, oder? Natürlich muss niemand für diese Tour bis nach Griechenland reisen. Der Startpunkt für den sieben Kilometer langen Rundweg liegt an der Tourist-Info in Bernkastel-Kues. Vorbei an der *St. Anna-Kapelle* geht es hinauf zum Olymp, der mit 411 Metern höchsten Erhebung in der Umgebung. Eine schöne Route für alle, die ordentliche Anstiege mit tollen Ausblicken lieben.

Abenteuer pur – der Klettersteig am Calmont

Wunderbar – der Weinschrank auf der Josephinenhöhe

Am Erdener Treppchen

Heißgeliebter Calmont

Apropos steil: Großartig, spektakulär, ein sagenhaftes Erlebnis – all das ist eine Wanderung durch den sonnendurchfluteten *Calmont* zwischen Ediger-Eller und Bremm. Der gigantische Koloss zählt zu den landschaftlichen Wahrzeichen der Region. Immerhin trägt er den Titel „Der steilste Weinberg Europas". Kein Wunder, dass sich auf dem Gipfel vor allem am Wochenende fast immer Besuchertrauben scharen. Auch im Hang ist ordentlich was los, denn er bietet Aussicht ohne Ende und nahezu alpines Wander-Vergnügen. Ein rege beschrittener Klettersteig zieht sich quer durch den Weinberg der Superlative. Obwohl der Weg nur etwa drei Kilometer lang ist, qualmen vielen Wanderern die Füße. Immerhin ist der Hang steiler als der Anlauf der Oberstdorfer Skisprungschanze. Wer sich nicht mit Seilsicherungen an Abgründen vorbei hangeln will, wählt den Calmont Höhenweg als Alternative. Diese Tour ist etwas leichter zu bewältigen, dennoch spart sie nicht mit grandiosen Aussichten auf die wohl berühmteste aller Moselschleifen. Hinter jeder Kurve wechselt die Perspektive. Natürlich kann man den Calmont-Höhenweg auch mit dem Klettersteig zu einem Rundwanderweg verbinden.

Zwischen Himmel und Erden

Was viele nicht wissen: Auch andere Weinberge in der Region sind mit abenteuerlichen Klettersteigen durchzogen. Deshalb kann man die Natur auf dem *Collis-Steilpfad* in Zell und dem *Dollinger Kletterpfad* in Hatzenport noch abseits vom Trubel genießen. Und dann ist da noch der *Kletterweg durchs Erdener Treppchen* und Erdener Prälat. Diese Weinberge gehören zum Tafelsilber der Region.

Der Einstieg liegt neben der Kelteranlage an der Bundesstraße gegenüber von Erden: Von dort führen drei Touren unterschiedlicher Schwierigkeitsgrade zwischen 2,9 und 4,3 Kilometern Länge über in Felsen gewerkelte Treppen und Leitern durch die berühmten Rieslinglagen. Trittfest und schwindelfrei sollte man auch im Erdener Treppchen sein, möchte man die Aussichten über die Ürziger Felsenlandschaft genießen.

Wandern durch ein Gemälde

Es grenzt an ein Wunder, dass der *Graf Georg Johannes Weg* noch nicht völlig überlaufen ist. Denn dieser Moselsteig-Seitensprung führt durch ein verschwiegenes Tal wie aus dem Gemälde. Wie eine Krone hat sich Veldenz eine Burgruine aufgesetzt, die einst Stammsitz der Grafen von Veldenz war.

Vielleicht liegt es daran, dass man sich die vielen sagenhaften Aussichtspunkte mit Muskelkraft erarbeiten muss. Immerhin geht es auf der Strecke immer wieder ordentlich steil bergauf und bergab. Aber jeder einzelne Höhenmeter lohnt sich. Die Route startet an der *Villa Romana* und führt weitläufig über rund 14 Kilometer um *Schloss Veldenz* herum. Unterwegs treffen Wanderer auf die Heidenmauer, ein Steinwall, um 400 vor Christus errichtet. Über eine verwitterte Treppe geht es hinauf zum Pionierfelsen, der vermutlich durch eine Sprengung vor oder kurz nach dem 1. Weltkrieg entstand. Immer wieder bieten sich schöne Blicke ins Tal. So auch am berühmten Felsen *Rittersturz*, wo sich der Sage nach der Teufel mit einem grausamen Ritter hinab gestürzt haben soll. Eine besondere Überraschung wartet auf der *Josephinenhöhe*. Dort steht ein gut bestückter Weinschrank zur Selbstbedienung. Schöner könnte das Ende eine Wanderung kaum sein.

Durch geschützte Natur

Mit seit 100 Jahren geschützter Natur lockt der *Rundweg im Dortebachtal* bei Klotten. Ein Hot-Spot für Ruhesuchende und Naturfotografen. Denn neben der Mauereidechse ist in dem stillen Naturschutzgebiet auch die seltene Smaragdeidechse heimisch. So viel wilde Schönheit bekommt man nicht aller Tage zu sehen, denn in dem speziellen Kleinklima konnte sich eine einzigartige Tier- und Pflanzenwelt ansiedeln. Mit ein bisschen Glück flattert beim Wandern sogar der seltene Apollofalter vorweg – der Liebling der Schmetterlingskundler. Der fünf Kilometer lange Pfad hat natürlich auch Aussichtspunkte im Programm. Um den Panoramablick aufs Tal und die Weinbergterrassen zu erleben, muss man über steile Serpentinen dem Logo mit der Eidechse folgen.

Zylinderhaus Bernkastel-Kues

Jäger und Sammler

Die Moselaner sammeln mit Leidenschaft. Traktoren oder Kaffeemühlen, exklusive Autos, ja sogar tonnenschwere Buddha-Statuen. Manche verwandeln geheime Bunker in ein Museum, andere meißeln geheimnisvolle Köpfe aus Sandstein heraus. In bemerkenswerten Ausstellungen zeigen sie uns ihre Schätze.

Natürlich beherbergen die großen Museen in Trier Kulturgüter von hohem Rang. Doch es wäre schade, die liebevollen Ausstellungen der Moselaner und Moselanerinnen zu verpassen. Unglaublich, welche Sammelleidschaften und Fingerfertigkeiten man am Fluss besichtigen kann. Zum Beispiel bestens restaurierte Stars auf Rädern.

Trecker-Parade

Die Familie Pollmann in Ernst ist verrückt nach alten Traktoren. Hinzu kommt die ausgeprägte Liebe für Dinge aus der guten alten Zeit. Was mit 28 Traktoren begann, ist inzwischen zu einem privaten Museum geworden. Sagenhaft, was Franz-Josef und Philipp Pollmann in dem Haus auf die Beine gestellt haben. Auf vier Etagen kann man sehen, wie die Menschen an der Mosel früher gelebt und gearbeitet haben. Da ist ein Klassenzimmer, ein Weinkeller, aber auch eine originalgetreue gute Stube aufgebaut. Und wer schon immer mal selber einen Trecker steuern (kann und) wollte, darf das im rührigen *Moselland Museum* tatsächlich auch.

www.moselland-museum.de

Luxusschlitten und Kult-Karossen in Bernkastel-Kues

Zwar ist Kuba wohl immer noch das größte Oldtimer-Museum der Welt – dort schieben die coolen Kutschen ihre Haifischflossen um nahezu jede Ecke. Doch inzwischen muss man nur noch nach Bernkastel-Kues fahren, um kostbare alte Schätzchen zuhauf zu sehen. Denn dort hat der Autonarr und Unternehmer Bernd Benninghoven das *Zylinderhaus* ans Kueser Moselufer gesetzt. Das geklinkerte Gebäude erinnert an einen Getreidespeicher oder eine Fabrik von 1900, aber im Inneren funkeln über 120 Old- und Youngtimer um die Wette.

Wie aus dem Ei gepellt steht dort der Borgward Hansa 1500. Ein echtes Luxusgefährt. Und dann erst die sagenhafte Isabella – ein Traum von einem Automobil.

Bis auf wenige Ausnahmen werden in der Ausstellung deutsche Fabrikate von den 1930er bis zu den 1970er Jahren präsentiert. Beliebte Alltagsgefährte mit Seele sowie Meilensteine, die Automobilgeschichte geschrieben haben. Zudem Raritäten, die man zuvor kaum irgendwo zu sehen bekam. Natürlich fehlen nicht die Klassiker Opel, Mercedes und BMW. Alles da. Doch auf den drei Etagen kann man längst untergegangene oder in anderen Konzernen aufgegangene Marken bewundern.

Etwa den ersten Wagen mit Servolenkung von 1937. Einen Horch. Schon gewusst, dass August Horch aus Winningen an der Mosel stammte? Seine Automobile baute er allerdings in Zwickau. Später gründete der Maschinenbauingenieur die Firma Audi, das ist die lateinische Bezeichnung für Horch. Fun Fact: Tatsächlich hat der berühmte Auto-Pionier nie einen Führerschein besessen.

Ebenso interessant: Das Wirken von Carl Borgward, dem Automobil-Mogul, der Hansa, Goliath, Borgward und Lloyd unter seinen Fittichen hatte. Im Museum erhält man einen prima Überblick über die Bremer Marken. Schwer zu sagen, welches der Modelle in dem Museum das Schönste von allen ist, sogar knuffelige Isettas und Goggomobile finden ihren Platz. Sehenswert ist auch die arrangierte Schrottplatz-Idylle. Und was sieht man noch? Eine nostalgische Ladenzeile mit Schaufenstern voller Lebensgefühl. Da sind mechanische Schreibmaschinen, die keinen Fehler verzeihen. Und die Auslage der Fahrschule erinnert an das Freiheitsversprechen in Form eines grauen Lappens. Man begegnet der aufdringlichen Karin Sommer, die der Hausfrau verkündet, dass ihr Kaffee nichts taugt. Ebenso unvergessen: Die patente Klementine, die selbst Buntes strahlend weiß wusch.

www.zylinderhaus.com

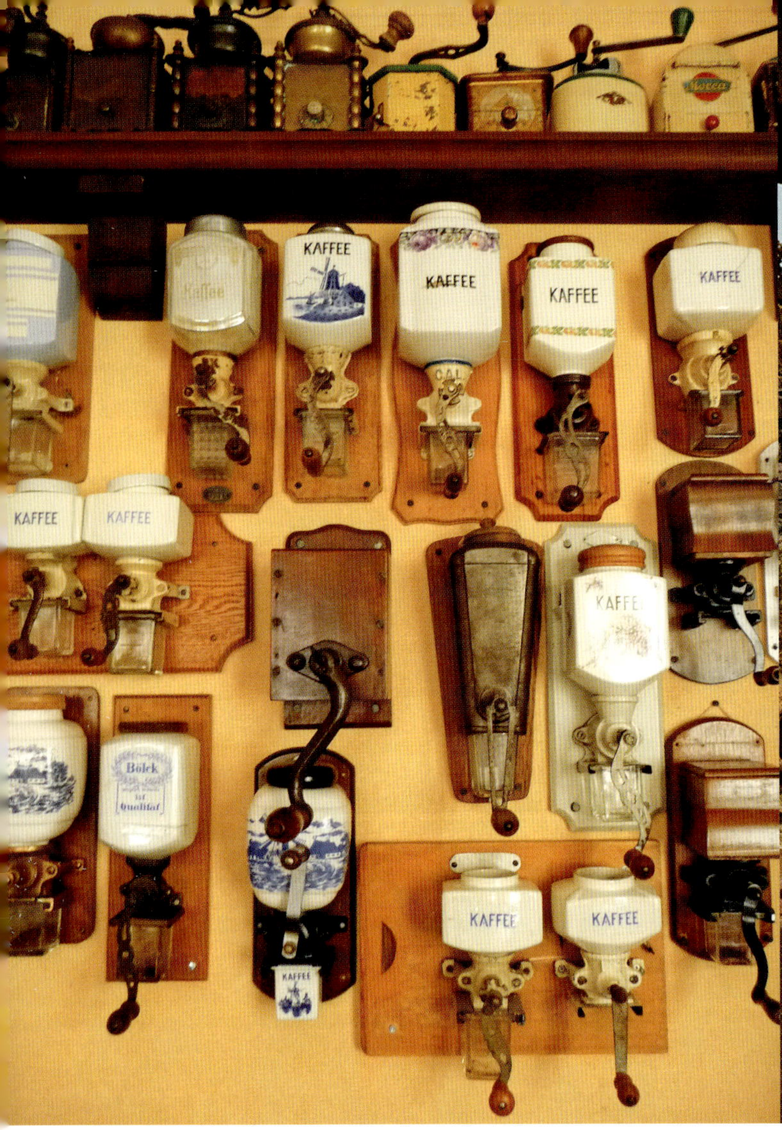

Nostalgische Kaffeemühlen

Üblicherweise werden in Museen Dinge gesammelt und für die Zukunft bewahrt. Insofern hat das *Café Klapperburg*, das die Konditorin Elke Götz in der Beilsteiner Bachstraße betreibt, durchaus musealen Charakter. Natürlich gibt's fabelhafte Torten und Kuchen in dem beliebten Lokal. Doch ungewöhnlich ist die riesige Kaffeemühlen-Kollektion. Im Gastraum stehen sage und schreibe über 500 nostalgische Geräte in Regalen. Viele davon bestehen aus Holz, doch etliche der älteren Modelle sind auch aus Eisen oder Messing gefertigt. Von 1724 stammt die älteste Mühle, die winzigste findet in einer Puppenstuben Platz. Und die Samlung wächst immer weiter.

www.klapperburg.de

Krippen-Kunst

Was für eine Leidenschaft Krippen sein können, zeigt ein bemerkenswertes Museum in Klüsserath. Denn in einem über 350 Jahre alten, picobello restaurierten Winzerhaus hat der Verein Klüsserather Krippenfreunde eine Schau eingerichtet, an der man sich nicht satt sehen kann. Rund 90 kreative Krippen werden gezeigt, historische oder zeitgenössische Meisterwerke. Viele davon wurden von den Klüsserather Männern und Frauen in filigraner Kleinarbeit gefertigt. Man staunt über pittoreske Mosellandschaften und das Lächeln in den Gesichtern der winzigen Figuren. Es ist der Reichtum an Details, der dieses Museum zu jeder Jahreszeit sehenswert macht.

www.krippenmuseum.info

Kurioses Weinmuseum

Ein Geheimtipp ist das *Weinmuseum Schlagkamp-Destoye* in Senheim. Mit einer kuriosen Sammlung, die sich kein Mensch ausdenken kann. Da ist zunächst der historische Weinkeller des Hauses. Sobald jemand das Gewölbe betritt, wird der dunkle Raum illuminiert und es beginnt plötzlich in den Fässern akustisch zu gären. Doch die Hauptattraktion präsentiert sich im 100 Jahre alten Festsaal darüber. Zu sehen sind unzählige Hämmer und Hämmerchen, Äxte und Äxtchen, Sägen und Sägchen. Winzergerätschaften und Küferwerkzeuge überziehen die Wände bis hoch zur Decke. Immerhin über 10.000 Exponate hatte der Senior Dieter Schlagkamp in 40 Jahren zusammengetragen.

www.schlagkamp-wein.de

Geheimes Milliarden-Reich

Der *Bundesbank-Bunker* in Cochem-Cond gehörte zu den geheimsten Orten der deutschen Nachkriegszeit. Denn fast drei Jahrzehnte lang haben die Frankfurter Banker in der unterirdischen Festung ein Milliarden-Vermögen gebunkert. Eine Ersatz-Währung, sicher versteckt für den Tag X. Doch inzwischen ist aus dem Bunker eine rege besuchte Sehenswürdigkeit geworden. Dass man dieses Denkmal heute besichtigen kann, ist dem Engagement von Manfred und Petra Reuter aus Treis-Karden zu verdanken. Das Unternehmer-Paar hat den Bunker gekauft, um daraus dieses einzigartiges Museum deutscher Zeitgeschichte zu machen. Ein bisschen unheimlich und spannend zugleich.

www.bundesbank-bunker.de

Alles in Buddha

Das ist eine Ausstellung, die man garantiert entspannter verlässt, als man sie betreten hat: Denn das Museum am Moselufer in Traben-Trarbach steht ganz im Zeichen des Begründers der buddhistischen Lehre Siddharta Gautama. Der verstorbene Traben-Trarbacher Unternehmer Wolfgang Preuß hat die alte Jugendstil-Weinkellerei Kayser am Moselufer gekauft, behutsam saniert und um einen Glasbau erweitert. Jetzt steht auf 4.000 Quadratmetern seine private, gigantische Buddha-Sammlung, die man sich ganz in Ruhe ansehen kann. Rund 2.000 wertvolle Exponate aus 23 Jahrhunderten werden gezeigt. Die größte Buddha Statue ist etwa sechs Meter hoch, die schwerste wiegt rund 3,5 Tonnen. Nicht verpassen: Den Dachgarten mit Blick auf die Mosel und Bruno Möhring-Architektur.

www.buddha-museum.de

Alte Zeiten erleben

Auch in Trarben-Trarbach braucht man keinen gepimpten DeLorean, um wie Marty McFly in die Vergangenheit zu sausen. Einfach nur die Adresse vom *Zeitreise-Museum* in der Moselstraße ins Navi eingeben – und der Flug führt geradewegs zurück in die bunte Welt der 1950er Jahre. Sei es Technik, Mode oder Musik. Auch Retro-Möbel und Zeitschriften gehören zum Inventar des Museums.

In der Nachtbarschaft eröffnet sich in über zwanzig Zimmern die großbürgerliche Welt der wohlhabenden Familie Böcking im 18. und 19. Jahrhundert. Doch nicht nur das. Denn das *Mittelmosel-Museum* bewahrt das immense Lebenswerk des Sammlers Dr. Ernst Willen Spies (1898-1975) für die Nachwelt auf. Von Möbeln über Fundstücke aus der Keltenzeit bis hin zu Hausrat und Kunst ist alles vertreten, sogar Pläne der Festungsanlage Mont-Royal hat der Heimatforscher 1929 in französischen Archiven aufgetrieben, um Kopien davon an die Mosel zu bringen.

www.traben-trarbach.de

Wundersamer Garten

Viel zu sehen gibt es auch im *Skulpturen- und Ateliergarten* von Jürgen Waxweiler in Traben-Trarbach. Bei seiner Arbeit lässt der Bildhauer die Häupter tierischer Gestalten ebenso wie Halbgötter entstehen. Viele haben schon an anderen Orten entlang der Mosel Bekanntschaft mit seinen Arbeiten gemacht: Der Doppelkopf am Ortseingang ist zum Beispiel ein Werk des Künstlers. Auf dem Goldberg in Wawern blickt der „Große Meteor" ins Saartal, in Senheim steht ein großer Steinkopf und bei Nittel der „Große Zeiger". Im Ateliergarten in der Schottstraße begegnet man dem Katzenmann, Helden und Göttern. Dann steht man staunend davor und fragt sich, wie dieser Mann es nur schafft, so fantasievolle Skulpturen aus Sandstein heraus zu meißeln.

www.waxweilerskulpturen.de

Kleine Orte,

Wenn von schönen Dörfern und kleinen Städtchen die Rede ist, haben die Moselaner die Nase vorn. Ein Blick und Besucher sind verliebt. Mancherorts gibt es noch mehr als enge Gässchen und Fachwerk-Romantik. Zum Beispiel mysteriöse Fabelwesen, geistreiche Moselgerichte oder Napoleons Himmelbett.

große Liebe

Beilstein

Ein Herbstmorgen im Moseltal. Der Nebel schwebt noch über dem Fluss, die Natur pinselt ein Fest der Farben in Ockergelb, Orange und Rot über Weinberge und Wälder. An einem solchen Tag mit dem Auto entlang der vielen Kurven und Schleifen ins Blaue zu tuckern, ist äußerst vergnüglich. Was man da so alles an Sehenswürdigkeiten frei Auto geliefert bekommt. Zum Beispiel die Festung Ehrenbreitstein, die den Zusammenschluss von Mosel und Rhein bewacht. Ihr Ursprung reicht bis in das Jahr 1000 zurück. Seine militärische Bedeutung hat das Bollwerk längst verloren. Heute kracht und blitzt es dort nur noch beim Feuerwerk zum jährlichen Koblenzer Sommerfest.

Kobern-Gondorf

242 Kilometer Moselromantik

Überall entlang der Mosel kann etwas erfahren werden. Historisch, architektonisch, kulinarisch sowieso. Am besten rollt man gleich die ganze Strecke vom *Deutschen Eck* bis zur französischen Grenze ab. Bei einer Tour von Dorf zu Dorf ist es leicht, kleine architektonische Juwelen für einen Zwischenstopp zu finden.

Schon nach ein paar Kilometern taucht mit Winningen einer der bekannteste Winzerorte auf, wo in übereinander getürmten Parzellen Spitzen-Rieslinge gedeihen. An den *Kunsttagen* Anfang Mai verwandelt sich das ganze Dorf in eine Galerie. Kunstschaffende präsentieren ihre Werke in Weingütern oder auch in Kirchen. Winningen ist vor allem berühmt für den Wein. Dabei immer präsent: Die Weinhex. Sowohl als Weinlage wie als Brunnenfigur. Zwar entspringt die Weinhex der Fantasie, doch den berühmtesten Sohn des Dorfes gab es wirklich: August Horch baute 1900 sein erstes Automobil und gründete später die Firma Audi. Eine Ausstellung im örtlichen Museum erinnert an das Lebenswerk des Winninger Ehrenbürgers.

Mit vier Schlössern und Burgen präsentiert sich kurz darauf Kobern-Gondorf. Hier kann man sich auf die Suche nach dem mysteriösen Tatzelwurm begeben, einem Fabelwesen, halb Löwe, halb Lindwurm. Ob es ihn wirklich gibt? Da hilft nur nachsehen. Allerdings führt die *Tatzelwurmhöhle* über 10 Meter in den Berg hinein. Taschenlampe nicht vergessen!

Beilstein, Klostertreppe

oben: Treis-Karden, Moseldom
unten: Alken, Gebeinhaus in der St. Michael Kirche

Postkartendörfchen und Kunst

Die Route führt zum *Dornröschen der Mosel.* Ganz Beilstein ist ein märchenhaftes Gesamtkunstwerk aus Häuschen, verschachtelten Gassen und Stiegen, gekrönt von einer Burg. Ab den 1930er Jahren wurde hier so manch deutscher Heimatschinken gedreht, heute wickelt das Postkartendörfchen täglich bis zu 1.000 Tagesgäste um den Finger. Anschauen sollte man sich das Kleinod aber unbedingt, denn das mittelalterliche Stadtbild blieb wie in kaum einem anderen Moseldorf weitgehend erhalten. Mittendrin die Winzerschänke, in die schon Heinz Rühmann einkehrte. Die besten Geschichten erzählt Stadtführer Rainer Vitz, dessen Touren regelmäßig am Marktplatz starten.

Nur einen Katzensprung entfernt beschenkt die Doppelgemeinde Senheim-Senhals Ausflügler mit einer kostenlosen Open-Air-Ausstellung. Künstler haben aus unterschiedlichen Materialien Skulpturen geformt, die man sich am besten auf einer Wanderung erschließt.

Nächster Halt: Ediger-Eller. In dem Bilderbuchdorf hat sich in den vergangenen Jahrhunderten eine einzigartige Musterkollektion vorbildlich restaurierter Fachwerkhäuser, ehemaliger Klosterhöfe und Adelssitze angesammelt. Mittendrin piekst der glitzernde Kirchturm von St. Martin in den Himmel, den die Fachwelt als den am reichsten verzierten seiner Art in ganz Europa feiert. In Sichtweite erhebt sich der Calmont. Der Weinbergpfirsich, der dort wächst, bringt wunderbare Brände und Liköre hervor, die man vor Ort verkosten kann.

Gebeinhaus zum Gruseln

Mit Alken folgt eines der schnuckeligen Dörfer, dessen Lage schon die Kelten und Römer schätzten. Der Winzer-Ort punktet mit der einzigen Doppelburg der Region und der fast 1.000 Jahre alte *Kirche St. Michael.* Die Grabsteine auf dem angrenzenden Friedhof erinnern an britische Krimis und im Gebeinhaus unter der Kirche stapeln sich Knochen und Totenköpfe. So etwas bekommt man hierzulande nur noch selten zu sehen.

Die Route führt über Hatzenport, wo sich um die *St. Johannes-Kirche* herum ein schöner Kräutergarten versteckt, und passiert Treis-Karden. Die Gemeinde hat eine Reihe historischer Bauten aufzuweisen. Doch der strahlend weiße *Moseldom St. Castor* stellt alle in den Schatten. Mit romanischen, gotischen und barocken Stilelementen gilt er als der bedeutendste Sakralbau zwischen Koblenz und Trier. Die reiche Innenausstattung kann sprachlos machen.

Bald schon ist die mit 5.300 Einwohnern kleinste Kreisstadt Deutschlands erreicht. Die Farben der Häuser, die Mosel, die *Reichsburg.* Romantischer geht´s nicht. Voller aber auch nicht. Schon der Brite William Turner machte Cochem zu seinem Lieblingsmotiv. 1839 malte der Künstler die *Alte Thorschenke*, erbaut 1332, wo seit Jahrhunderten Gäste bewirtet werden. Tatsächlich sollen dort schon Napoleon und die österreichischen Kaiserin Maria Theresia ihre Häupter in die Kissen gebettet haben.

oben: Schloss Zell (li), Rast im Weingut Immich-Anker (re)
unten: Gastfreundschaft im Zecherhof, Neef (li), Jugendstilvilla in Traben-Trarbach (re)

Die perfekteste Schleife zum Mittagsessen

In der Nachbarschaft punktet Bremm mit der wohl bekanntesten Moselschleife, die man sich am besten vom Calmont-Gipfel angucken kann. Man erreicht den Aussichtspunkt über die Landstraße in Richtung Beuren. Auf der umflossenen Landzunge unten im Tal ragen die Mauern der ehemaligen Kirche des *Klosters Stuben* hervor. Ab Neef ist die Ruine mit dem Auto über einen Feldweg zu erreichen.

Bei Nadine Löllmann im Neefer Ferienweingut Zecherhof kann man lecker zu Mittag essen. Zum Beispiel Döppekuchen, einen beliebten Kartoffelkuchen. Und einige der Weine des Hauses fallen im Wortsinn aus der Art. Unbedingt danach fragen.

Bald schon fährt man durch Zell. Überall begegnet man der *Schwarzen Katz*. So heißt der berühmte Weinberg im Ort. Sehenswert: Das ab 1530 erbaute Schloss. Gotik, Renaissance und Barock bilden ein Ensemble. Wo früher der Hochadel logierte, quartieren sich heute ungekrönte Häupter ein. Der Schauspieler Curd Jürgens feierte in dem Anwesen die Hochzeit mit seiner vierten Frau Simone.

Es folgen Pünderich und danach Reil. Das eintausend Jahre alte Winzerdorf glänzt mit kunstvoll restauriertem, moselländischem Fachwerkidyll. Am Moselufer serviert Küchenchef Dirk Melsheimer in seinem Restaurant im Boutique-Hotel Villa Melsheimer Kunstwerke auf dem Teller.

Architektur vom Feinsten

Stromaufwärts präsentiert sich Enkirch mit einem stolzem Erbe. Historische Weinhöfe, geschnitzte Straßenschilder, feinste Zimmermanns-Kunst, wohin man auch blickt. In der Altstadt drängen sich fabelhaft erhaltene Stein- und Fachwerkhäuser aneinander. Deshalb wäre es schade, sich den historischen Dorfrundgang entgehen zu lassen. Bei der Tourist-Information ist dazu eine kleine Broschüre erhältlich. Wer modernes Ambiente sucht, ist im *Weingut Immich-Anker* richtig. Wer den Winzer-Sekt des Hauses nicht verkostet hat, ist nicht wirklich in Enkirch gewesen.

Bei Traben-Trarbach schiebt sich die Mosel an bemerkenswerten Jugendstilgebäuden vorbei. Sie stammen aus einer Zeit, als die Doppelstadt zu den wichtigsten Weinumschlagplätzen gehörte. Um die Fässer zu lagern wurden damals etliche Keller gebaut. Deshalb kann man hier ab Ende November in einen unterirdischen Weihnachtsmarkt steigen. Viel übrig geblieben ist von der *Grevenburg* über dem Doppelstädtchen zwar nicht, doch der Besuch der Ruine lohnt sich wegen der Aussicht und der *Burgschenke*. Eine mystische Sehenswürdigkeit versteckt sich im Wald: Eine Anhäufung von tonnenschweren Findlingen, scheinbar geschickt gestapelt zu einem sechs Meter hohen Turm. Der sagenumwobene *Wildstein* kann nur über einen steilen Pfad erwandert werden.

oben: Kröv, Dreigiebelhaus (li), Pieporter Himmel in der Kirche St. Michael (re)
unten: Bernkastel-Kues, Mosel-Vinothek im Cusanusstift (li), Tresterfleisch wird im Hotel Moselsteig in Osann Monzel serviert (re)

Roter von der Mosel

Der kleine Stadtteil Wolf zeigt uralte Fachwerkhäuser und eine Klosterruine mit Ausblick auf Kröv. Das Weindorf war im Mittelalter Zentrum des *Cröver Reichs*. Im ehemaligen Rathaus, dem *Dreigiebelhaus*, findet man heute eine Straußwirtschaft mit herrlichem Garten. Ein Geheimtipp sind die Weine von Bio-Winzer Udo Wick in der Stablostraße: Schon mal den roten Regent von der Mosel probiert? Ein aus Trauben gepresstes Gedicht!

Anschließend rollt der Wagen an der Ürziger Felsenlandschaft mit der Sonnenuhr vorbei. Unter der neuen Moselbrücke hindurch erreicht man Zeltingen-Rachtig mit einem herausgeputzten Marktplatz, der alle zwei Jahre als Kulisse für die Moseloperette dient. Dafür steht die halbe Gemeinde als Laienschauspieler auf der Bühne. Kurz darauf folgt Bernkastel. Außer seinen Fassaden hat das Städtchen einen weltberühmten Promi zu bieten: Nikolaus von Kues zog von hier aus in die Welt und machte eine glänzende Karriere in der Kirche. Zurück blieben sein Geburtshaus und das *Cusanus-Stift* – die darin untergebrachte wertvolle Bibliothek des Universalgelehrten kann bei einer Führung durchs Haus besichtigt werden. Auch unterirdisch gibt es etwas zu sehen: Denn im weitverzweigten Gewölbekeller befindet sich die *Mosel-Vinothek*, wo man rund 160 Weine und Sekte der gesamten Mosel probieren kann.

Geistreiches vor Ort

In Osann-Monzel, 80 Meter über der Mosel, kommt Geistreiches auf den Tisch: Eine der Hausspezialitäten im Restaurant *Hotel Moselsteig* ist „Tresterfleisch", das Inhaber Harry Brösch in der Destille während des Brennvorgangs feiner Brände garen lässt. Der Gastronom bietet auch die Gelegenheit, den Genuss des typischen Moselgerichts mit einer Planwagenfahrt zu verbinden.

Apropos geistreich. Wenn sich evangelische und katholische Gemeinden ein Gotteshaus teilen, kommt eine Simultankirche dabei heraus. Davon gibt es rund 70 in Deutschland. Die Pfarrkirche *St. Remigius* in Brauneberg ist eine davon. Der ehemalige Chor ist evangelisch, das Langhaus katholisch. Und weil sich der Zwiebelturm der Kirche durch einen Riss im Mauerwerk löste, gibt es heute den schiefen Turm von Brauneberg.

Die Route führt weiter nach Piesport, wo man sich einen Abstecher über die L 50 nach Minheim zum Aussichtspunkt *Moselloreley* gönnen sollte. Unten im Tal beeindruckt die katholische Pfarrkirche *St. Michael* mit drei monumentalen Deckengemälden, auch Piesporter Himmel genannt, und Thomas Schanz mit seinem ausgezeichneten Zwei-Sterne-Restaurant.

Elbling, Schloss, Römererbe

Kurz vor Trier bietet Mehring mit der *Villa rustica* einen römische Gutshof. Ein paar Kilometer weiter, in Konz, führt das *Freilichtmuseum Roscheider Hof* in lange vergangene Lebenswelten der Menschen in der Region. Auf dem Weg vorbei an Igel fällt das *Grutenhäuschen* in den Weinbergen auf. Der römischen Grabbau aus dem späten 3. oder 4. Jahrhundert wird für standesamtliche Trauungen genutzt. Kurz darauf glänzt Nittel mit sanften

Hügeln, 20 Winzerfamilien, Muschelkalk und Keuper-Boden, die vergleichbar mit denen der Champagne sind. Hier kommt der Elbling groß raus, auch die Burgunderrebe schätzt das Terroir.

Bald schon ist Palzem erreicht. Auf einem Hügel sonnt sich das älteste Schlossweingut der Mosel. Schon seit 1534 ist Schloss Thorn in Familienbesitz. „Cella Vinaria" nennt Baron von Hobe-Gelting seine Probierstube, in der Weinfreunde während der Saison die Tropfen ohne Voranmeldung verkosten können.

In Nennig versteckt sich hinter einer schlichten Fassade mit 160 Quadratmeter einer der größten *Mosaikfußböden der Römerzeit*. Der restaurierte Steinteppich aus 3 Millionen Einzelsteinchen zeigt Gladiatorenkämpfe und Zirkus-Szenen. Eine Brücke verbindet den Ort mit Remich. Im ehemaligen Grenzhäuschen am Brückenkopf ist heute ein empfehlenswerter chinesischer Imbiss untergebracht.

Die letzte Ort auf deutschem Boden heißt Perl. Ein Kleinod ist der Ortsteil Sehndorf, mit Waschbrunnen von einst und lothringischen Bauernhäusern. Viele Dörfer behaupten von sich besonders schön zu sein, doch Sehndorf stand tatsächlich schon bei mehreren Schönheitswettbewerben auf dem Siegertreppchen. Am Ortsende geht es hinüber nach Frankreich.

Adieu Mosel, bonjour Moselle!

Grutenhäuschen auf den Höhen bei Igel

Fantastische Welten

Mystische Landschaften wie in Mittelerde oder verwunschene Wälder, in denen Bäume Lebkuchenduft versprühen. Städtchen mit buckeligen Schneewittchen-Häuschen und geheimnisumwitterte Burgen, an die sich kaum noch jemand erinnert. Wer sich an der Mosel auf Entdeckungstour begibt, erlebt mancherorts Sagenhaftes. Denn märchenhafte Orte gibt‘s eben nicht nur in Märchen. Diese sieben Plätze sind wirklich auf der Landkarte zu finden. Das Moseltal lädt ein zu einer romantischen Reise. Mit dem Auto, dem Fahrrad oder in Siebenmeilenstiefeln.

Klosterruine Stuben bei Bremm

1 Fachwerk-Romantik in Bernkastel-Kues

Die Reise durch das märchenhafte Moselland beginnt in Bernkastel-Kues. Wie überlaufen der Touristen-Magnet auch sein mag: Wer auf den Spuren der Gebrüder Grimm wandelt, kommt an dem Städtchen nicht vorbei. Eng und verwinkelt wie ein Labyrinth durchziehen Sträßchen und kleine Plätze die bestens erhaltene Altstadt. Dabei treffen Renaissance und Jugendstil auf Gotik und Barock. Gemeinsam mit der Ruine der *Burg Landshut* auf dem Hügel verleiht das Fachwerkgewimmel dem Moselort sein einzigartiges Gesicht.

Der mittelalterliche Marktplatz ist das Sahnestück – dorthin zieht es die meisten. Stolze Bürgerhäuser mit fantasievollen Figuren, Schnörkeln und aufwendigen Schnitzereien umstellen den historischen Ortskern. Grimmig blicken Katzen vom *Heinz'schen Haus* aufs buckelige Kopfsteinpflaster hinunter. Laut Inschrift wurde es 1583 gebaut. Ebenfalls mit reichem Zierfachwerk präsentiert sich die *Adler-Apotheke* von 1660, die sich jedes Jahr in den größten Adventskalender der Region verwandelt. Dann versprühen auf dem Weihnachtsmarkt vor der Haustür gebrannte Mandeln und Glühwein ihren Duft.

In der Mitte posiert seit 1606 der *Michaelsbrunnen*, dahinter wurde zwei Jahre später das Rathaus gebaut. Ein Schmuckstück – innen wie von außen. Im darin untergebrachten Restaurant zaubert ein ambitionierter Koch kulinarische Glanzlichter auf den Teller.

Auch in den Nebengassen geht es lebhaft zu. Hinter vielen restaurierten Fassaden verstecken sich Weinstuben und Cafés. Mittendrin: Die historische *Bonbonmacherei* von Willi Maas. In seinem Laden in der Burgstraße werden Süßigkeiten wie vor 100 Jahren gemacht. Auch sollte man einen Blick auf die Gaststätte *Alter Klosterhof* gegenüber werfen – ein Fachwerkjuwel von 1456. Wie wäre es mit einer Übernachtung im „Sterntaler“ oder „Prinzessin auf der Erbse“-Zimmer? Tatsächlich hat Bernkastel sogar ein *Märchenhotel*.

Doch das meistfotografierte Gebäude balanciert in einer schmalen Gasse. Knusper, knusper, knäuschen, wer knuspert an meinem Häuschen? Dieser Gedanke kommt einem beim Anblick dieses winzigen *Spitzhäuschens* in der Karlsstraße in den Sinn. Obwohl es so aussieht, als müsste es jeden Moment kippen, hält es der Schwerkraft seit über 600 Jahren stand. Darin ist eine urige Weinstube untergebracht, alles ist klein und gemütlich. Fehlt nur noch, dass die 7 Zwerge zu ihrem Schneewittchen heimkommen. Manchmal werden Märchen vielleicht doch wahr.

Mit der Pündericher Fähre ins Aussichtsreich

In Legenden haftet dem Fährmann meist etwas Düsteres an. So schifft er zum Beispiel in der griechischen Mythologie die Toten über den Fluss Styx in die unheimliche Unterwelt Hades. Und in „Der Teufel mit den drei goldenen Haaren" bedarf der dubiose Mann am Ruder gar der Erlösung. Doch in Pünderich ist das anders. Mit der kleinen Fähre „Marienburg" die Mosel zu überqueren, ist ein Wohlfühl-Erlebnis. Denn dort bringt ein freundlicher Herr seine Passagiere ins wohl imposanteste Aussichtsreich der Region – und später wohlbehütet wieder zurück. Und die Überfahrt kostet auch nicht die Seele, sondern nur ein paar Euro.

Schon seit 1879 ist der Weinort durch eine Fähre mit der *Marienburg* hoch über dem gegenüberliegenden Ufer verbunden. Allerdings ist sie keine reine Touristen-Attraktion. Autos, Motorräder und Traktoren fahren mit. Das Wassergefährt wird auch von Winzern genutzt, um die Weinberge in der Lage „Pündericher Marienburg" bewirtschaften zu können.

Die Lage der Marienburg ist einzigartig, steht sie doch auf einem schmalen Grat, der sich als Halbinsel über die Mosel erhebt. Immerhin fast 14 Kilometer braucht der Fluss, um den Berg samt Burg zu umrunden. Der sogenannte Zeller Hamm ist die wohl spektakulärste Moselschleife. Schon seit Urzeiten hat dieser Bergrücken die Menschen angezogen. Deshalb steht dort heute auch der Prinzenkopfturm. Der Name geht auf Friedrich Wilhelm IV. von Preußen zurück, der sich hier 1818 als Kronprinz aufgehalten haben soll. Vor der Plattform der Holz-Stahl-Konstruktion eröffnet sich ein einzigartiges Panorama. Der Blick schweift über das Moseltal bis in die Eifel und den Hunsrück.

Ihm zu Füßen thront die Marienburg über den Reben. Das Gebäude-Ensemble beherbergt heute eine Jugendbildungsstätte mit Gäste- und Tagungshaus. Doch die bequemen Liegebänke auf der Terrasse darf jeder nutzen, um die Landschaft zu genießen. Aber die Marienburg ist weit mehr als ein toller Aussichtspunkt. Denn im Mittelalter wurde an der gleichen Stelle ein Augustinerinnenkloster gegründet und später durch eine Befestigung ersetzt. Nach deren Zerstörung errichtete man im Barock die neue Marienburg. Und wer sich bewusst macht, dass auf jenem Bergrücken bereits die Kelten eine Kultstätte bauten, der fühlt nahezu, wie die Geschichte dort atmet.

Moselfähre „Marienburg",
56862 Pünderich,
www.puenderich.de

3 Durch die sagenumwobene Welt der Bäume

In den Märchen wimmelt es nur so von Bäumen. Sie wachsen bis in den Himmel hinein, erfüllen Wünsche und in manchen von ihnen ist ein liebevolles Wesen verzaubert. Vielleicht wartet auch einer der Riesen im Meulenwald auf Erlösung. Denn warum wohl sonst findet man dort Bäume, die nach Lebkuchen duften?

Als grüne Lunge breitet sich der *Meulenwald* zwischen Trier und der Wittlicher Senke aus. Der Eifelsteig führt hier entlang genauso wie die 32 Kilometer lange Meulenwald-Route. Sehenswertes wartet unterwegs an jeder Ecke. Etwa Burgen, Schlösser, geheimnisvolle Quellen oder Aussichtstürme bei Dierscheid oder Rodt bietet einen Fernblick bis nach Luxemburg. Der Meulenwald beheimatet auch die vermutlich dickste Lärche in Rheinland-Pfalz. Immerhin fast 200 Jahre brauchte die Föhrener Lärche, um auf einen Durchmesser von 1,54 Meter zu wachsen. Und im wildromantischen Butzerbachtal ist der Waldweg von kleinen Wasserfällen gesäumt und führt über Stege und abenteuerliche Hängebrückchen.

Der Meulenwald wartet mit vielen Naturschönheiten auf, von denen der *Baum-Welt-Pfad* am Forstamt Trier-Quint eine ganz besondere ist. Denn hier stehen rund 350 exotische Bäume, die in den 1950er Jahren zu Forschungszwecken angepflanzt wurden. Etwa Tulpenbäume oder Kolorado-Tannen und der Lebkuchenduft versprühende japanische Kuchenbaum. Immerhin 21 Arten von fast allen Kontinenten sind zu stolzen Baumriesen herangewachsen, die man auf einem knapp vier Kilometer langen Rundweg erwandern kann. Da sind Urweltmammutbäume aus China zu sehen, die als ausgestorben galten und erst 1941 wieder entdeckt wurden, ebenso Ginkgos, Korea-Tannen oder die Braunmaserbirke aus der sibirischen Tundra. Die über 60 Meter hohen Douglasien gelten als die höchsten Bäume in Rheinland-Pfalz.

Der Startpunkt der Tour liegt am Forstamt in Trier-Quint. Der Weg ist auch für Kinderwagen geeignet. Aber Augen auf, in diesem Wald landet man schnell in einer andere Welt. Wer weiß, wer sich womöglich im Dickicht versteckt – der Meulenwald ist seit jeher für seine Sagen bekannt. So soll der tyrannische Bischof Milo von Trier im 8. Jahrhundert bei der Jagd im Meulenwald ums Leben gekommen sein. Es heißt, sein Geist spuke bis heute herum.

Forstamt Trier,
Am Rothenberg 10,
54293 Trier-Quint,
www.wald-rlp.de

4

Mahlzeit in jahrhundertealten Mühlen

Im Hinterland von Kattenes säumen dreizehn verwunschene Mühlen die wohl steilste Straße in ganz Rheinland-Pfalz. Nur wenige liegen im Dornröschenschlaf, andere wurden von Liebhabern in romantische Domizile verwandelt. Mühlen sind geheimnisumwitterte Schauplätze alter Märchen und Sagen. Vor allem sind sie stumme Zeugen aus einer Zeit, als Arbeit noch ohne Motoren verrichtet wurde. Bis ins 19. Jahrhundert wurden sie gebaut und faszinieren noch heute. In der denkmalgeschützten *Molitorsmühle in Schweich* können sich Interessierte vom Geschick der Müller beeindrucken lassen. Bei Führungen gibt die Familie Branz einen Einblick in die Mühlentechnik. Stromabwärts im *Schrumpftal* werden 15 Mühlen von einem Radweg erschlossen. Die 4,5 Kilometer lange Strecke verbindet den Mosel-Radweg in Hatzenport mit dem Maifeld-Radwanderweg in Münstermaifeld-Metternich. Alle zwei Jahre, am Erlebnistag „Schromb macht Spaß", gehört das Tal den Fußgängern, die an Verkaufsständen vorbei von Mühle zu Mühle wandern. Mühlen zum Einkehren gibt es natürlich auch. Etwa in Kobern-Gondorf, dem Schatzkästchen der Region. Man wähnt sich in einem Märchen. Die Alte Mühle hat fast 1.000 Jahre auf dem Buckel. Die Familie *Höreth* hat in dem Kleinod ein Weingut, ein Hotel und ein feines Restaurant untergebracht. Und in der über 450 Jahre alten *Mühle Vogelsang* im Ehrenburger Tal in Brodenbach finden Urlauber ein Stück heile Welt. Denn Christian und Sonja Heinz betreiben hier einen Campingplatz mit Streichelzoo, Gasthaus und Hotel. Im Restaurant bringt der talentierte Chef Köstlichkeiten aus der Landhausküche mit aromatischen Kräutern und Wildpflanzen auf den Tisch. Fangfrische Forellen gefällig? Dann nichts wie in die *Stadt-Mühle* in Traben-Trarbach. Das Mühlenhaus aus dem Jahre 1680 bietet nicht nur rustikales Ambiente. Der Clou: Dort werden die Fische im Lokal aus dem umgeleiteten Kautenbach gefischt.

- Molitorsmühle, 54338 Schweich, www.molitorsmuehle.de
- Erlebnistag „Schromb macht Spaß", www.schrumpftal.de
- Historische Mühle Vogelsang, Rhein-Mosel-Straße 63, 56332 Brodenbach, www.muehle-vogelsang. de
- Alte Mühle Thomas Höreth, Mühlental 17, 56330 Kobern-Gondorf, www.thomashoereth.de
- Historische Stadt-Mühle, Weihertorplatz 1, 56841 Traben-Trarbach, www.stadt-mühle.de

5 Mystische Felsengärten in der Luxemburger Schweiz

Kurz hinter der Landesgrenze scheinen auch die Grenzen zwischen Realität und Märchen zu verschwimmen. Zwar ist die Region „ganz natürlich" im Laufe der Jahrtausende dank Erosion entstanden, doch selbst Leute, die im Erdkundeunterricht gut aufgepasst haben, lehrt diese abenteuerliche Landschaft das Staunen.

Kleine Luxemburger Schweiz wird der außergewöhnliche Landstrich genannt. Doch Wasser, Naturgewalten und Zeit haben hier eine eigentümliche Landschaft aus geheimnisvollen Felsengärten, sanften Hügeln und Wäldern geformt, die sich jedem Vergleich entzieht. Denn so zauberweltenhaft wie im Müllerthal sieht es nirgends aus. Auch nicht bei unseren Nachbarn den Schweizern.

Wer diese Gegend zu Fuß erkundet – und das sollte man unbedingt – fühlt sich mitunter ins Fantasiereich Mittelerde aus dem Kinostreifen „Der Herr der Ringe" versetzt. Der zu recht mit Auszeichnungen umschmeichelte *Müllerthal Trail* führt zu filmreifen Naturdenkmälern wie der Wolfsschlucht, einer steil abfallenden Felsspalte, in der früher tatsächlich Wölfe einen Zufluchtsort fanden. Das wohl meist fotografierte Motiv der Region ist Luxemburgs höchster Wasserfall *Schiessentümpel*, überspannt von einer 1879 erbauten Steinbrücke – eine architektonische Meisterleistung.

Über 110 Kilometer verbindet die Route Höhlen, moosige Wälder mit mystischem Wurzelwerk und verwunschene Täler wie an der Perlenschnur miteinander. Doch die Hauptattraktion sind die haushohen, bizarren Felsenlabyrinthe, um die sich viele Sagen ranken. Große und kleine Menschen sind gleichermaßen hin und weg. Kein Wunder, da sind verwinkelte Canyons, die erforscht und mächtige Brocken, die erklettert werden wollen.

Burgen und ehemalige Mühlen gibt es in diesem Märchenreich auch. Wer sich über die Region Müllerthal informieren will, ist beim *Touristcenter Heringer Millen* an der richtigen Adresse. Von festen Schuhen über Jacken bis zu GPS-Geräten ist dort alles zu haben. Dort liegt auch der Startpunkt für einen zehn Kilometer langen Rundwanderweg, der alles bietet, was das Wandern in der Kleinen Luxemburger Schweiz so reizvoll macht.

Touristcenter Heringer Millen
1 rue des Moulins,
LU-6345 Mullerthal,
www.mullerthal-millen.lu

6 Zauberhaftes Siebenborn im Liesertal

Wer möchte nicht in diese phantastische Kulisse eintauchen? Wer auch immer diesen Hügel gewählt hat, um darauf dieses Gebäude zu errichten, hat Fingerspitzengefühl bei der Wahl der Lage bewiesen. Unten schlängelt sich eilig die Lieser durchs Tal, um nach ihrem langen Weg durch die Eifel in die Mosel zu münden. Oberhalb des Flüsschens breitet sich wie mit Plakafarben gemalt das historische *Weingut Arthur Melsheimer im Klosterhof Siebenborn* aus. „Born" ist ein altes Wort für „Quelle", von denen hier einige sprudeln. Auf sieben hat man sich damals geeignet, wie die Namensgebung vermuten lässt. Vor langer Zeit gehörte das Gut der Abtei Himmerod. Die Mönche sind verschwunden, doch noch immer reifen Weine in Fässern in dem über 850 Jahre alten Gewölbekeller heran. Heute leiten Franz und Esther Melsheimer den Bio-Betrieb und führen Neugierige in den historischen Untergrund. Lecker essen kann man an der Lieser auch: Denn im benachbarten *Restaurant Klostermühle Siebenborn* kommt Regionales auf den Tisch – verbunden mit italienischer Kochkunst. Und eine kleine Wanderung entfernt, gibt es in den Weinbergen noch ein märchenhaftes Kleinod zu entdecken. Über die in allen Facetten Grün schimmernde Idylle wacht die Paulskirche als die wohl älteste Kirche der Region. Ein winziges Refugium für Ruhesuchende und Rastplatz für Radfahrer oder Wanderer. Die meisten kommen zufällig an diesem besonderen Ort vorbei und freuen sich über eine ganz spezielle Überraschung. Da ist vor allem die atemberaubenden Fernsicht über die Täler, die einfach jeden berührt. Das ehemalige Flussbett bietet Platz für Dörfer, Weinberge und Felder so weit das Auge reicht. Doch es gibt noch etwas, dass diese Kapelle in die Reihe der besonderen Ausflugsziel stellt: Im Vorraum werden Weine und alkoholfreie Getränke zur Selbstbedienung angeboten. Der kleine Obolus in die Kasse des Vertrauens versteht sich von selbst.

- Paulskirche, Paulsstraße, 54470 Lieser, Öffnungszeiten: Sonn- und feiertags 1.Mai bis Ende Oktober 10 bis 17 Uhr, www.lieser-mosel.de
- Weingut Arthur Melsheimer, Klosterhof Siebenborn 9, 54484 Maring-Noviand, www.arthur-melsheimer.de
- Klostermühle Siebenborn, Fam. Heinen, Siebenborn 2, 54484 Maring-Noviand, www.klostermuehle-siebenborn.de

Putz bröckelt von der verblassten Fassade, Regen plätschert durchs zerstörte Dach. Im Zeitlupentempo erobert die Natur das einst so prächtige Anwesen zurück. Ein heruntergekommenes Haus, mögen manche sagen. Andere sehen einen geheimnisvollen Ort, der erforscht werden will. Steht man davor, laufen vor dem inneren Auge Bilder ab. Wie es hier wohl mal zuging, als das Haus noch voller Menschen war? Doch wo einst vermutlich rauschende Feste gefeiert wurden, machen sich heute Staub, Efeu und Spinnweben breit.

Sogenannte „Lost Places" haben oft einen sonderbaren Charme. Es sind Zwischenwelten, die es eigentlich längst nicht mehr gibt. Kaum jemand erinnert sich an sie, aber sie sind doch noch da.

Ein solcher Ort versteckt sich in Perl-Nennig an den Grenzen zu Frankreich und Luxemburg im Dreiländereck. Wenn Feinschmecker oder Zocker „Perl-Nennig" hören, klingelt es in ihren Ohren. Denn das *Schloss Berg* am Ortsrand beherbergt ein Luxushotel mit fünf Sternen, ein Spielcasino und ein Gourmet-Restaurant. Aber was für eins! Seit 1998 ist Christian Bau Küchenchef im Restaurant *Victor's Fine Dining* und erkochte sich drei Sterne.

Das hat sich herumgesprochen. Und so rollt auf dem Hügel von morgens bis abends der Rubel. Doch die benachbarte Unterburg, auch *Niederburg* genannt, ist ein Geheimtipp geblieben. Die Menschen, die sich Lost Places verschrieben haben, zieht es zu dem Gebäude hinter dem Renaissance-Schloss.

Über dem Portal des Wohnturms ist eine Inschrift zu lesen: „Pax Intrantibus", zudem die Jahreszahl 1709. Obwohl das verwunschene Gemäuer früher vermutlich Teil der Burganlage war, ist davon nicht viel übrig geblieben. Der Zerfall nagt an der Unterburg und hinterlässt Jahr um Jahr seine Spuren. Der zugewucherte Schlossgarten ist längst nicht mehr passierbar, Kletterpflanzen erobern den Turm. Die Eingangstür am Ende der langen Treppe ist wohl schon seit etlichen Jahren verschlossen. Dennoch ist der frühere Glanz nicht zu übersehen. Aus der Burg ist ein Sehnsuchtsort für Leute auf der Suche nach Lost Places geworden.

Victor's Residenz-Hotel Schloss Berg, Schloßstraße 27 -29, 66706 Perl, www.victors-fine-dining.de

7 Verlassene Schönheit in Perl-Nennig

Herrschaftszeiten !

An der Mosel gibt es wunderbare Burgen und Schlösser zu entdecken, die vom Glanz und Spuk längst vergangener Tage erzählen. Doch wer möchte sich nach einer langen Fahrt in einer einsamen Ruine wiederfinden, obwohl er Ritterspiele erleben wollte ? Da hilft es, schon bei der Planung zu wissen, was einen vor Ort überhaupt erwartet.

Schloss Veldenz

Über einen Mangel an Burgen kann die Mosel-Region gewiss nicht klagen. Manche laden zu Fantasie-Reisen oder Weinproben ein, andere zu mittelalterlichen Gelagen oder romantischen Abendessen für Zwei. Für jede Stimmung gibt's das passende Kastell, gefühlt auf jedem Hügel thront so ein mittelalterliches Gemäuer.
Doch es gibt auch eine, zu der man nicht hinaufsteigt, sondern hinab. Ein Sammelsurium aus Türmchen, Erkern, Giebeln, Fachwerkfassaden und Spitzen, das Besucher aus aller Herren Länder verzaubert. Kaum eine andere Burg wird auf den Social Media Kanälen so oft geteilt. Doch die Burg Eltz ist nicht nur virtuell ein Renner. Sie liegt versteckt im Tal der Eltz in der Nähe von Wierschem. Wie eine Eins balanciert sie auf einem Felsen im Wald. Im Burg-Shop kann man Schwerter, Armbrüste und sogar Ritterrüstungen in Originalgröße kaufen. Doch vor allem sind die Menschen vom Anblick der Silhouette hin und weg. „Hoch, mächtig, verblüffend, finster. So etwas habe ich noch nicht gesehen", schwärmte schon Victor Hugo (1802-1885) in seinem Tagebuch. Allerdings war die Herrschaft seinerzeit noch nicht eingestellt auf Touristen. Denn der enttäuschte Schriftsteller („Der Glöckner von Notre Dame") notierte: „Wir klopften. Der Hund bellt. Keiner da."

Alle lieben die Eltz

Heute ist das anders. Während der Saison steuern rappelvolle Reisebusse das historische Gemäuer an, das ab 1961 die Rückseite des 500 DM-Geldscheins zierte. Zwar hat sich die Banknote längst in Luft aufgelöst, doch das Original ist bestens in Schuss. Denn der mittelalterliche Wolkenkratzer ist seit sage und schreibe 33 Generationen im Besitz derselben Familie, die sich um die Erhaltung der wunderschönen Anlage kümmert.

Immerhin über 850 Jahre muss man bis zu ihren Ursprüngen zurück. Damals war Friedrich Barbarossa der Kaiser. Er schenkte einem gewissen Ritter Rudolf von Eltz eine Wohnburg am Handelsweg zwischen Maifeld und Mosel und die Karriere der Adelsfamilie begann. Um Erbstreitigkeiten zu vermeiden, wurde die Burg Eltz im Jahr 1268 zum ersten Mal unter drei Nachkommen geteilt. Dadurch entstand eine sogenannte Ganerbenburg, eine Art mittelalterliche WG für Verwandte. Jeder der Brüder baute seinen Teil des Gemäuers nach eigenen Plänen aus, sozusagen je eine eigene Burg in der Burg.

Weil die Eltz auf einem Felsen steht, konnten sie nicht in die Breite bauen. Deshalb ließen sich die Herren und Damen der Linien von Eltz-Kempenich, Eltz-Rodendorf und Eltz-Rübenach Türmchen, Gauben und Erker mauern. Fast jede Generation setzte noch weitere Stockwerke drauf. So kam das Bauwerk zu seiner einzigartigen, mannigfaltig verschachtelten Architektur.

Insgesamt acht bis zu 35 Meter hohe Wohntürme drängeln sich heute um den engen Burginnenhof, geschmückt mit Fachwerk, Basaltsäulen, Rundbögen und Wappen. Genau dieses Zusammenspiel der Baustile, von Romanik bis zum Barock, macht die Eltz zu einer der schönsten deutschen Burgen.

Heute ist Dr. Karl Graf von und zu Eltz-Kempenich, genannt Faust von Stromberg, allein verantwortlich für die Burg und öffnet sie zwischen April und November für Besucher. Immerhin eine Viertelmillion Menschen pro Jahr wollen „the german castle" sehen. Wer die beliebte Sehenswürdigkeit samt Innenhof (fast) für sich alleine haben will, kommt deshalb am besten morgens vor 10 Uhr. Doch in das Gemäuer hinein kommt man nur bei einer Führung. Dabei wird alles geboten, was man so erwartet: Geschichte, Geschichten und natürlich Rüstungen. Aber auch Gold- und Silberarbeiten von Weltrang oder Gemälde bekannter Künstler. Und die Schatzkammer im Keller birgt den legendären „Dukatenscheißer". Die Menschen im Mittelalter hatten ihren eigenen Humor.

Anders als nahezu alle anderen Burgen in der Region blieb die Eltz während der Erbfolgekriege verschont. Denn die riesige Sippe hatte damals glücklicherweise einen Verwandten auf der anderen Seite: Anton zu Eltz-Üttingen diente zum entscheidenden Zeitpunkt als hoher Offizier im französischen Heer. So gelang es, die Burg aus der Liste der zu zerstörenden Bauwerke zu streichen. Die Anlage überstand Kriege, einen Brand, ebenso wie die Angriffe durch den Kurfürsten Balduin von Trier, der im Jahr 1332 die Belagerungsburg Trutzeltz auf die gegenüberliegende Anhöhe baute. Vielleicht wird die Eltz sogar den Euro überdauern.

Burg Eltz

Reichsburg in Cochem

Märchenburg als Touristenmagnet

Auch die *Reichsburg* von Cochem wurde mehrfach zerstört, doch ab 1868 von einem betuchten Berliner nach den romantischen Vorstellungen seiner Zeit wieder aufgebaut. Vermutlich haben sich die Leute damals kaputt gelacht über den verrückten Städter. 75 Jahre lang diente sie der Familie Ravené als Sommerferiensitz, heute ist sie ein Touristenmagnet. Kein Wunder, denn es entstand ein wunderbares Symbol deutscher Burgenromantik – von außen wie von innen. Eine Führung durch den Rittersaal, Kemenate und Jagdzimmer sollte man sich deshalb nicht entgehen lassen. Zudem werden im Sommer ein mittelalterliches Burgfest und im Dezember die Cochemer Burgweihnacht ausgerichtet. Bei der beliebten „Gasterey nach Art der alten Rittersleut" im Gewölbekeller reichen Knechte und Mägde riesige Keulen vom Grill. Zur Krönung des Gelages erfolgt der traditionelle Ritterschlag.

Viele wissen gar nicht, dass es in Cochem auch noch die *Winneburg* gibt. Wer vom Enderttal den steilen Berg hinauf stapft, kann die weitläufige Ruine deshalb vermutlich alleine erkunden. Es gibt weder Gastronomie, noch Toiletten oder Reisebusse. Dafür einen Bergfried inmitten gewaltiger Mauerreste. Im Sommer starten regelmäßig Wanderungen ab Cochem zur Burguine. Mit Musik, Rittern und einfacher Verpflegung für Groß und Klein – ganz großes Kino. Die Touristen-Info am Endertplatz gibt Auskunft zum ritterlichem Unterhaltungsprogramm und zu Terminen.

Alles doppelt gemoppelt

Weniger gut meinte es die Geschichte mit der hoch über Alken thronenden *Burg Thurant*. Bauherr war der Pfalzgraf Heinrich, der Bruder von Kaiser Otto IV. Er benannte seine Burg nach der Festung Toron, die er auf einem Kreuzzug im heutigen Libanon vergeblich belagert hatte. Doch der Gedanke dahinter ging nicht auf: Auch seine Moselburg war immer wieder in Konflikte verwickelt, sodass kaum ein Stein auf dem anderen blieb. Die Erzbischöfe von Trier und Köln teilten das Gemäuer 1248 sogar mit einer dicken Mauer in zwei Hälften. Von nun an wurde alles zweifach gebaut: getrennte Wohnräume, je eigene Zugänge zum Kölner und dem Trierer Teil. Natürlich ließ jeder der Eroberer sein Areal von einem eigenen Burggrafen verwalten. Seitdem wacht die Burg Thurant als einzige Doppelburg über der Mosel.

Zwar ist das wundervoll restaurierte Gemäuer seit langem in Privatbesitz. Aber man kann es für kleines Geld zwischen Ostern und Mitte November besuchen. Man läuft durch Türen und Bögen, über Wehrgänge und hölzerne Stiegen hinauf und wieder hinunter. Was für eine schöne Burg, echte Ritterburg, gibt es zu entdecken! Mit zwei wehrhaften Türmen, Weinkeller und Kapelle sowie einem Kerker, in dem Bösewichte oft auf Nimmerwiedersehen verschwanden. Tatsächlich beherbergt der Kölner Turm noch heute zwei echte Skelette im Verlies. Der Aufstieg zur Plattform lohnt sich. Denn oben eröffnet sich ein grandioser Ausblick über die Innenhöfe, die Weinberge und die Mosel. Und wieder unter angekommen sucht man sich dann einen schönen Platz, jedes Eckchen der Anlage ist bepflanzt. Über die Höfe verteilt stehen überall kleine Tische und Bänke in lauschigen Nischen, was die Märchenburg zu einem idealen Treffpunkt für Plauderstündchen macht. Zwar tragen keine Mägde und Knechte dicke Braten auf, doch immerhin kann man sich im Burgkiosk mit Wein und selbstgemachten kleinen Speisen versorgen.

Lebendige Burg – vor allem im Sommer

Anders in Brodenbach. Wer mittelalterlichen Trubel sucht, wird ihn in den Wäldern über dem Ehrbachtal finden. Zwischen Ostern und November zeigen Gaukler, was sie können, Knechte und Mägde wuseln herum. Auf dem Programm stehen Bogenschießen, mittelalterliche Handwerkskunst oder Führungen durch die Gänge bis auf den Bergfried hinauf. Die Hofküche verwöhnt mit mittelalterlichen Köstlichkeiten. Die *Ehrenburg* ist die wohl familienfreundlichste Burg an der Mosel. Sehenswert ist das Gemäuer immer, doch das sonntägliche Treiben auf dem Gelände lässt vor allem Kinderherzen höher schlagen. Hinzu kommen Veranstaltungen und mittelalterliche Gelage. Sogar ein Hotel versteckt sich in den altehrwürdigen Mauern.

links: Burg Thurant
rechts: Eingang zur Ehrenburg
unten: Burgfest auf Metternich

rechts: Burg Arras

Verschlossene Burgen

Gar nichts los ist bei der *Rosenburg* am Ortsausgang von Zeltingen-Rachtig. Denn von der Hangburg sind gerade mal eine etwa acht Meter hohe Mauer, drei rundbogige Fenster und ein Spitzbogentor erkennbar. Doch wo sonst bekommt man einen Weinberg in einer Ruine zu sehen?

Auch die Burg *Bischofstein* bei Burgen kann nur von außen bewundert werden. Denn die Mitte des 13. Jahrhunderts erbaute und 1689 zerstörte Anlage wird seit 1954 vom Fichte-Gymnasium in Krefeld als Schullandheim genutzt. Schon von weitem sieht man am 20 Meter hohen Turm einen weißen Ring, um den sich die unterschiedlichsten Sagen ranken. Dabei handelt es sich in Wahrheit vermutlich einfach um ein verbliebenes Stück Putz. Besichtigungen und Besteigung sind nur am Tag der offenen Burg im Frühjahr möglich.

Ritterliche Gastfreundschaft

Großer Beliebtheit erfreut sich auch das *Burg-Hotel Arras* in Alf mit seinen märchenhaften Kemenaten. Im Rittersaal und im romantischen Innenhof kann man es sich als Besucher bei Leckereien aus der Burgenküche gut gehen lassen.

Mit ritterlicher Gastfreundschaft empfängt die Familie Herzer ihre Gäste in der *Burg Metternich*, die auf einem Hügel über dem Bilderbuch-Dörfchen Beilstein thront. Der britische Maler William Turner machte die romantische Szenerie weltberühmt. Zwar wurde das 1689 zerstörte Gemäuer nie wieder aufgebaut. Dennoch ist die Anlage ein Touristenmagnet. Beherbergt sie doch einen begehbaren Bergfried und ein Restaurant mit Sonnenterrasse. In der „Fürst Metternich Stube" werden deftige Speisen, Kuchen und erlesene Moselweine serviert.

Schloss mit Durchgangsverkehr

Der Riesling war lange ein gutes Geschäft für den Adel. Im Jahr 1720 zählten 275.000 Rebstöcke zum Besitz der Fürsten von der Leyen – seinerzeit das mächtigste Adelsgeschlecht der Region. Aus ihrem Stammsitz, der ehemaligen *Wasserburg* in Gondorf, ist ein Schloss mit Durchgangsverkehr geworden. Denn es stand beim Bau der neuen Bundesstraße B416 im Weg. Statt es abzureißen, wurde das historische Gemäuer am Moselufer zu zwei Tunneln umfunktioniert. Schon 100 Jahre zuvor hatte man die Anlage für die Eisenbahn in zwei Teile getrennt. Deshalb donnern heute Züge und Autos durch die Erdgeschosse. In dem originellen Anwesen ist ein Weinmuseum untergebracht, auch Weinproben sind möglich.

Von der *Oberburg* in der Nachbarschaft im Stadtteil Kobern sind nur der Bergfried und wenige Reste der Ringmauer erhalten. Dennoch ist die Ruine ein lohnendes Ausflugsziel. Zum einen führt ein schöner Pfad zur 50 Meter tiefer gelegenen Ruine der *Niederburg* im Weinberg. Zum anderen steht gleich nebenan die sehenswerte *Matthiaskapelle*. Um das orientalisch anmutende Bauwerk ranken sich viele Rätsel, über die man im angrenzenden Restaurant mit Biergarten nachdenken kann.

Kulinarische Gemäuer

Das Moselland ist gespickt mit Schlösser und Burgen, in denen Gäste zum Tafeln einkehren können. Knackfrische Zutaten fürs Brutzeln am den eigenen Herd finden Hobby-Köche im *Schloss Bekond*. Früher diente das Landschloss den Freiherren von Kesselstadt als Sommerresidenz. Um 1710 wurde der eindrucksvolle Herrensitz gebaut, zu dem ein Landschaftspark mit Orangerie gehört. Das Schloss ist leider nicht zur Innen-Besichtigung freigegeben. Doch rechts vom Haupthaus ist ein kleiner Hofladen untergebracht, in dem man prima einkaufen kann. Denn hier bietet die Familie Portz Mosel-Weine, Obst und Gemüse aus eigener Ernte feil. Auch alte Sorten, etwa Urmöhren oder Ringelbeete, sind dort zu haben

Fix und fertig zubereitet kommen allerlei regionale Spezialitäten in der *Burg Landshut* auf den Tisch. Also rauf auf den Berg und Hunger mitbringen. Ein beliebtes Ausflugsziel war das Wahrzeichen in Bernkastel-Kues schon immer, aber im Sommer 2012 Jahren fanden Archäologen heraus, dass es sogar zu den ältesten Bauwerken am ganzen Fluss zählt. Denn bei routinemäßigen Sanierungsarbeiten kamen die Reste eines römischen Kastells aus dem vierten Jahrhundert ans Licht, auf dem sich die Burg Landshut erhebt. Die Fachwelt feierte die kleine Sensation und Stadt und Land nahmen Geld in die Hand, um das römische Erbe auf einem neu angelegten Rundweg in Szene zu setzen. Natürlich bekam auch der Burghof mit einer Terrasse ein frisches Gesicht. Vor allem aber wurde ein ansehnliches Restaurant in dem Gemäuer eingerichtet. Dank einer zehn Meter langen Fensterfront haben die Gäste einen freien Blick auf die Weinberge und die Mosel. Und wer noch etwas höher hinaus will, löst ein Ticket im Automaten, um auf den Bergfried zu steigen.

Unterwegs mit dem Burgherrn

Etwa neun Kilometer von Bernkastel-Kues entfernt rapunzelt *Schloss Veldenz* abseits der Touristenpfade unbehelligt vor sich hin. Ab dem 12. Jahrhundert residierten die Grafen von Veldenz in dieser Spitzenpostion über dem verwunschenen Tal. Deren Reich erstreckte sich von den Hunsrückbergen bis weit in die Vogesen hinein. Vielleicht wird die Stammburg der Grafen nur deshalb „Schloss Veldenz" genannt, weil die Anlage einst die größte und mächtigste aller Burgen an der Mittelmosel war. Vermutlich aber dient die Bezeichnung als Unterscheidungsmerkmal zur Burg Veldenz im saarländischen Nohfelden.

Heute sind der Rechtsanwalt Dr. Gilbert Haufs-Brusberg und dessen Frau Christa aus Trier die Besitzer. Einmal pro Woche öffnet der Schlossherr das Tor, um Interessierten sein charmantes Gemäuer zu zeigen. Von der einstigen Burg wurden nur wenige Gebäude wieder aufgebaut. Umso erstaunlicher, was man bei einer Führung so alles zu sehen bekommt. Etwa eine „Wundertätige Madonna", die der Schlossherr als Ersatz für eine verloren gegangene Skulptur von einer Künstlerin für die ehemalige Kapelle hat anfertigen lassen. Natürlich auch tolle Fernsichten über das Tal. Und die Währung der früheren Grafschaft wird auch gezeigt, ein silberner Veldenzer Taler.

Vom Aussichtsturms überblickt man die Überreste des Palas, der einstigen Wohnung der Grafen. Und wo sich der Bergfried befunden haben soll, steht heute ein kleines Wohngebäude der Besitzer-Familie. Im Haus linker Hand ist der Rittersaal untergebracht. Ein echtes Schmuckstück mit historischem Interieur. Die Eichentische mit Bänken und Fellen, die Ritterrüstungen und Truhen sowie der große Kamin versprühen Mittelalter-Flair. Eine Ahnengalerie an der Wand zeigt Ruprecht, genannt „Der Veldenzer" oder Leopold Ludwig „Der Letzte". Zudem Graf Georg Johannes I., der bis 1592 regierte. Von dem „Scharfsinnigen" haben viele schon gehört. Denn er wurde durch die Vermählung mit der reichen, schwedischen Prinzessin Anna Maria Wasa so bekannt, dass die Nachwelt einen prämierten Rundwanderweg nach ihm benannte.

Ein besonderes Exponat ist die berüchtigte Blide, die damals als ein „instrumentum diabolicum", ein „teuflisches Werkzeug" bezeichnet wurde. Bei der Führung demonstriert der Schlossherr, wie seine fünf Meter hohe Steinschleuder funktioniert.

Gilbert Haufs-Brusberg, der sogar schon wie ein echter Ritter gewandet hoch zu Pferd nach Santiago de Compostela in Spanien ritt, zeigt, wie unterhaltsam Geschichte sein kann. Denn der 29. Besitzer des Schlosses kennt nicht nur die Historie des Gemäuers wie kein Zweiter, sondern streut auch immer wieder nette Geschichten ein. Zum Beispiel die Sage vom goldenen Ring. Dabei geht's natürlich um die Liebe eines Mädchens und eines Veldenzer Grafen. Man erfährt, dass es die französischen Truppen bei der Eroberung des Gemäuers im Juli 1680 nicht gerade schwierig hatten. Tatsächlich reichten dafür dreizehn Soldaten. Oder dass im Keller Geständnisse vermeintlicher Hexen erzwungen wurden. Denn auch Gerichtsverhandlungen und Folterungen gehörten zum schaurigen Alltag auf der Burg. Natürlich findet auch das Schlossgespenst Erwähnung. Und wer sich schon immer über den bayrischen Löwen im Veldenzer Wappen gewundert hat, lernt, dass er seit jeher zu Veldenz gehörte - nicht umgekehrt wie oft behauptet. Denn weil die Veldenzerin Anna im Mittelalter den Wittelsbacher Stephan von Zweibrücken heiratete, geriet das blaue Tier in das bayrische Wappen.

Meisterwerke über dem Fluss

Nach acht Jahren Bauzeit steht er da, dieser 1.700 Meter lange Strich in der Landschaft. Mit dem neuen Hochmoselübergang ist ein Bauwerk der Superlative entstanden. Tatsächlich aber ist diese Brücke nur eine von sieben beachtlichen Moselbrücken, die uns staunen oder gar den Atem stocken lassen.

Hochmoselübergang bei Ürzig

Sie kamen zu Fuß, per Fahrrad oder zogen Kinder im Bollerwagen hinter sich her. Was ursprünglich als beschauliches Bürgerfest mit Kartoffelsuppe geplant war, entwickelte sich zu einem luftigen Massen-Event. Denn dieses einmalige Erlebnis wollten sich Tausende von Menschen nicht entgehen lassen: Zum Ende der Bauarbeiten durften Fußgänger über die neue Bücke zwischen Ürzig und Zeltingen-Rachtig spazieren.

Acht Jahre lang war hoch über der Mosel geschweißt, betoniert und gebaggert worden. Am Ufer prägten riesige Kräne das Landschaftsbild. Dann wuchsen nach und nach zehn Pfeiler in den Himmel. Der Koloss aus Stahl und Beton galt als das seinerzeit größte Brückenbauprojekt in Europa. Und wohl kein anderes war so umstritten wie jenes, das offiziell *Hochmoselübergang* heißt. Bis zuletzt trommelten Naturschützer und Winzer gemeinsam mit Anliegern gegen den Brücken-Giganten. Sogar die BBC und die New York Times berichteten darüber.

Doch nun steht er da, dieser mächtige Strich in der Landschaft. Immerhin 1,7 Kilometer lang. Und mit 158 Meter so hoch, dass sogar das dritthöchste Kirchengebäude der Welt, der Kölner Dom, mit 157,38 Meter darunter Platz finden würde. Hierzulande ist nur die Kochertalbrücke in Baden-Württemberg mit 185 Metern noch höher.

Mehr als 32.000 Tonnen Stahl wurden für die Fahrbahn verbaut und im Zeitenlupentempo vom Hunsrück in Richtung Eifel über die Stützen geschoben. Zum Schluss haben die Arbeiter eine Fläche von rund vier Fußballfeldern asphaltiert. 175 Millionen Euro waren allein für die Brücke fällig. Kosten des Gesamtprojekts: Rund 483 Millionen Euro. Denn die Brücke ist „nur" das Kernstück einer rund 25 Kilometer langen Neubaustrecke. Mit dem Hochmoselübergang soll nun eine schnellere Verbindung zwischen dem Rhein-Main-Gebiet und den Benelux-Staaten geschaffen sein.

Doch bevor Autos und Lastwagen über die Brücke donnern durften, wurde zum Bürgerfest geladen. Und sie kamen in Scharen. Die Stimmung: Versöhnlich. Seit dem 21. November 2019 rollt nun der Verkehr über das Bauwerk der Superlative.

Brücke als Aussichtspunkt

Lange Zeit galt die *Winninger Moseltalbrücke* mit 935 Meter Länge als die größte und höchste aller Brücken am Fluss. Schnurgerade führt sie die A 61 in 136 Meter Höhe vom Hunsrück in Eifel. Vater der Autobahnbrücke war der Stuttgarter Fritz Leonhardt, der mit dem Fernsehturm in seiner Heimatstadt neue Maßstäbe setzte. Auch die bis dahin größte Hängebrücke Europas in Köln-Rodenkirchen geht auf den berühmten Bauingenieurs zurück, ebenso die Galata-Brücke in Istanbul hat er entworfen.

An der Mosel wurde 1969 der erste Spatenstich gesetzt, seit Dezember 1972 rauscht über der Weinlage Winninger Uhlen der Verkehr. Und bis heute kommen Leute, um sich das technische Bauwerk zwischen Dieblich und Winningen von nahem anzusehen. Am Aussichtspunkts Blumslay an der Autobahnraststätte Moseltal-West treffen Autofahrer auf Wanderer, denn der Moselsteig läuft hier entlang und wird tatsächlich nicht durch die Autobahn unterbrochen. Denn die Moseltalbrücke bietet eine Besonderheit: Unmittelbar unter dem Brückenkörper entlang führt ein Fußweg zur Raststätte auf der gegenüberliegenden Straßenseite.

Die Doppelstockbrücke in Bullay

Ein Hingucker ist auch die Moselbrücke zwischen Bullay und Alf, ein einzigartiges Konstrukt: Seit 1879 verkehren auf der unteren Etage erst die Fuhrwerke und heute Autos, während auf der zweiten Etage Eisenbahnen rollen. Diese Doppelstockbrücke ist hierzulande die allererste ihrer Art und war Teil der legendären Kanonenbahn, die einst die preußische Hauptstadt Berlin mit Metz verband. Wer heute mit der Moselweinbahn von Bullay nach Traben-Trarbach fährt, bekommt unterwegs gleich zwei Superlative historischer Eisenbahnarchitektur sehen. Denn nach der Doppelstockbrücke durchquert der Zug den 459 Meter langen Prinzenkopftunnel, um in Pünderich 768 Meter über Deutschlands längstes Hangviadukt zu donnern.

Eingezwängt zwischen Felsen und Fluss wurden unter Kaiser Wilhelm I. die 92 imposanten Gewölbebögen in den Weinberg gebaut. Bis heute gilt dieser Abschnitt als eine der schönste Bahnstrecken im Land, die man über den Rundweg „Die Kanonenbahn – der eisenbahnhistorische Kulturweg Bullay-Reil" schön erwandern kann.

Weinberge in Sicht

Heute spannen sich rund 50 Brücken zwischen Koblenz und Perl über die Mosel. Sie verbinden Länder und Gemeinden miteinander, den Hunsrück mit der Eifel und die Menschen im Tal. Bis ins 19. Jahrhundert hinein waren die Brücken in Trier und Koblenz die einzigen Mosel-Übergänge aus Stein. Um die andere Uferseite zu erreichen, nutzen die Menschen kleine Fähren, wie sie heute noch an sieben Stellen verkehren. Der Fährmann, damals wie heute „Ferger" genannt, stand vielerorts rund um die Uhr parat, um die Dorfbewohner mitsamt Tieren oder die Winzer zu ihren Weinbergen zu befördern. Deshalb wurde der „Fährmann Hannes" im Mai 1968 zum Dank mit einem eigenen Schauspiel aus der Feder eines Erdener Bürgers bedacht, denn von nun an benötigte man seine treuen Dienste nicht mehr. Seitdem kann man die Mosel bei Erden und Lösnich zu Fuß überqueren. Drei ganze Tage lang haben die benachbarten Gemeinden ihre neue Brücke gefeiert. Bis heute freuen sich Autofahrer, wenn sie von Lösnich die andere Uferseite ansteuern. Und zwar über den grandiosen Anblick der steilen Weinberge die hinterm Brückenkopf scheinbar bis in den Himmel wachsen.

Brückentor vom Jugendstil-Meister

Im Jahr 1904 ließen sich Traben und Trarbach durch eine imposante Bogen-Brücke miteinander verbinden. Der geistige Schöpfer war der berühmte Berliner Bruno Möhring. Als einer der bedeutendsten Architekten des Jugendstils entwarf er auch den Bülowbogen und die Maschinenhalle der Zeche Zollern II/IV in Dortmund. Es waren die goldenen Zeiten des Weinbaus, damals rollte der Rubel in der reichen Weinhandelsstadt. Zudem gönnte man sich ein reich verziertes *Brückentor.* Zwar wurde die Brücke 1945 gesprengt und durch eine Zweckbrücke ersetzt. Aber das Brückentor mit den Trauben-Reliefs und dem tanzenden Winzerpaar in Lebensgröße blieb unversehrt erhalten.

Brücke als Blickfang

Wehlen bietet nicht nur eine beachtliche Anzahl an Sonnenuhren im Dorf, sondern auch eine sehenswerte Brücke, die die Winzer mit ihren Weinbergen am gegenüberliegenden Ufer verbindet. Seit 1949 schlägt sich hier mit einer Gesamtlänge von 207 Metern die einzige *Hängebrücke* im Tal über die Mosel. Das Prachtexemplar ist ein beliebtes Fotomotiv.

Keine ist älter

Wer rollte nicht schon alles über die 198 Meter lange *Römerbrücke* nach Trier: Ochsenkarren und Pferdefuhrwerke, Velos und erste knatternde Automobile. Vermutlich wurde sogar so mancher prominente Römer in einer Sänfte über die Mosel getragen. Noch bis weit ins Mittelalter hinein war sie der einzige feste Flussübergang zwischen Koblenz und Metz. Tatsächlich ist die Römerbrücke sogar die älteste Brücke Deutschlands. Und noch heute verlassen sich etwa 14.000 Autofahrer pro Tag auf die Ingenieurskunst der alten Römer. Allerdings blieb nicht die komplette Brücke von damals erhalten. Denn über die Jahre wurde der Überbau einige Male neugestaltet, repariert oder verbreitert. Doch noch immer wird die Fahrbahn von fünf Originalpfeilern aus der Zeit um 150 nach Christus getragen. Grund genug, einmal genauer hinzusehen. Doch bislang steht die Römerbrücke immer noch im Schatten der Porta Nigra und vielen anderen Sehenswürdigkeiten in Trier, obwohl die Unesco auch dieses Bauwerk längst zum Weltkulturerbe erklärte.

Im Brückentor von Traben-Trarbach ist heute eine Gastronomie untergebracht.

Die Römerbrücke in Trier ruht auf mächtigen Pfeilern.

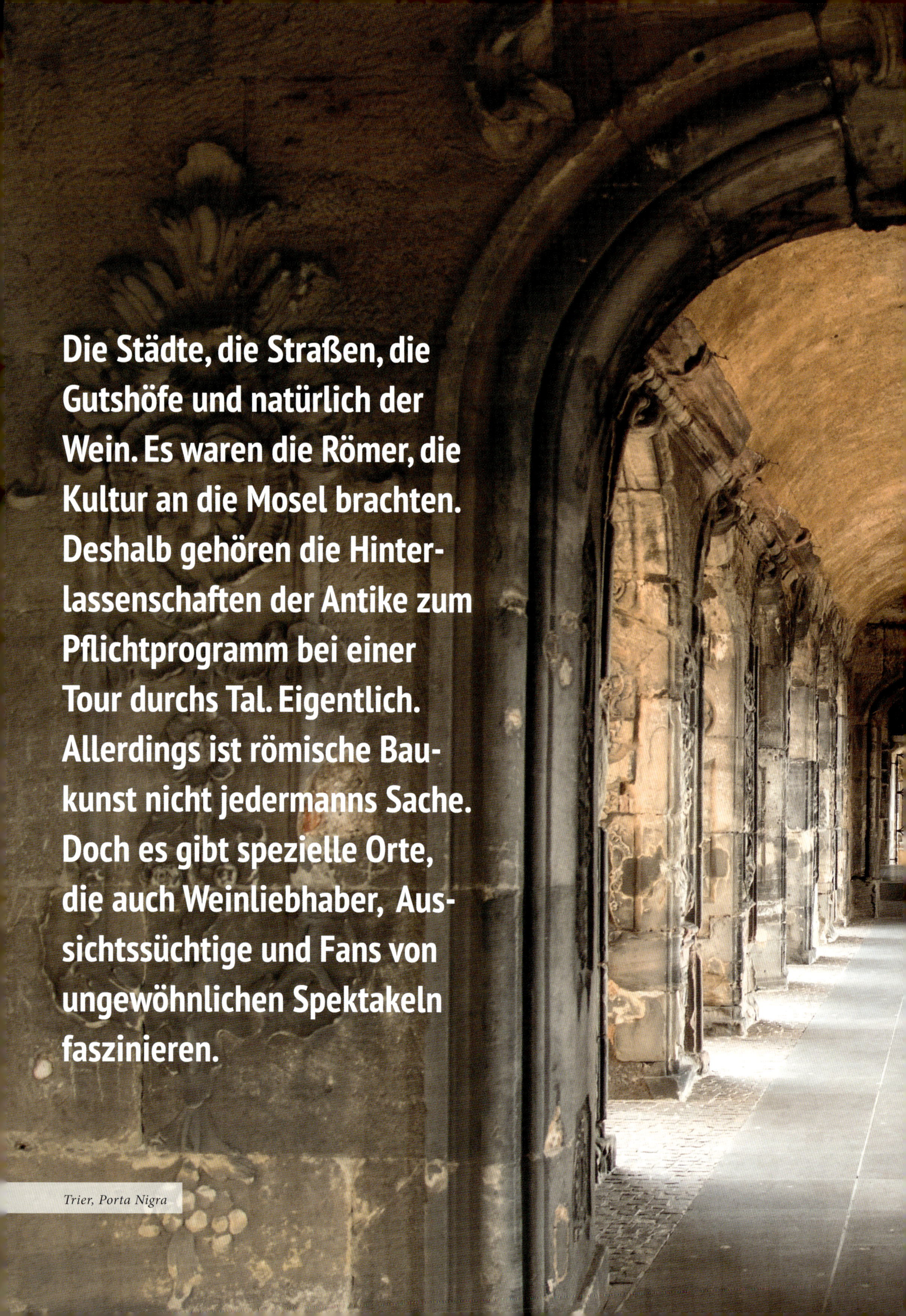

Die Städte, die Straßen, die Gutshöfe und natürlich der Wein. Es waren die Römer, die Kultur an die Mosel brachten. Deshalb gehören die Hinterlassenschaften der Antike zum Pflichtprogramm bei einer Tour durchs Tal. Eigentlich. Allerdings ist römische Baukunst nicht jedermanns Sache. Doch es gibt spezielle Orte, die auch Weinliebhaber, Aussichtssüchtige und Fans von ungewöhnlichen Spektakeln faszinieren.

Trier, Porta Nigra

Diese Bauwerke haben es in sich

oben: Aussichtspunkt mit antikem Flair, die Römergräber in Nehren
unten: Das gallo-römische Heiligtum auf dem Martberg bei Pommern

An dem schwarzen Tor kommt niemand vorbei. Seit Generationen beschäftigt die *Porta Nigra* Lateinschüler, Historiker und Forscher. Fast jeder hat Triers Wahrzeichen zumindest schon auf einem Foto gesehen. Doch seine Geheimnisse gibt es erst im Inneren preis. Auch wer sich normalerweise nicht so für Römerstätten interessiert wird beeindruckt sein, versprochen. Man läuft quasi durch die Zeit, in der Rom noch die ganze seinerzeit bekannte Welt regierte.

Schon die gewaltige Dimension des viergeschossigen Bauwerks überrascht. Immerhin rund 7200 tonnenschwere Sandsteinblöcke haben Arbeiter dafür ohne Mörtel übereinander getürmt und jeweils zwei davon mit Eisenklammern verbunden. Inzwischen ist das Unesco-Weltkulturerbe über 1850 Jahre alt – und steht noch immer wie eine Eins. Die Römer waren geniale Bauherren und großartige Ingenieure.

Dass die Porta so gut erhalten ist, und niemals wie die anderen Stadttore abgetragen wurde, verdankt sie vor allem dem Wandermönch Simeon. Er war nach einer Pilgerreise im Jahr 1028 in den Ostturm eingezogen. Schon kurz nach seinem Tod wurde der fromme Einsiedler heiliggesprochen und das Tor ihm zu Ehren in zwei übereinander liegende Gotteshäuser umgebaut. Bis zum Anfang des 19. Jahrhunderts versammelten sich dort die Gläubigen zu ihren Gottesdiensten – dann kam Napoleon und verfügte den Rückbau. Seitdem zeigt die Porta wieder ihr antikes Gesicht.

Geheimnisvolle Porta

Wirklich beeindruckend ist es daher, im Inneren die Spuren der wechselhaften Geschichte des Monuments zu sehen. Etwa barocke Wandreliefs, Reste der Orgelempore und die romanische Apsis aus der mittelalterlichen Episode als Kirche. Man sieht Kapitelle und Gesimse. Das geübte Auge kann Steinmetzzeichen und eine der antiken Metallklammern entdecken. Mit etwas Fantasie sieht man sogar die Römer zwischen den Säulen spazieren.

Nicht nur die berühmte Porta Nigra stammt aus dieser stolzen Zeit, sondern auch der älteste Weinkeller in Deutschland. Erbaut um 330 n. Chr., diente er römischen Bürgern als Magazin und Speicherhaus. Später kam ein imposantes Kreuzgratgewölbe hinzu. Heute genießen Weinliebhaber zwischen den altehrwürdigen Mauern das ein oder andere Glas Riesling im Kerzenschein. Denn das *Stiftungsweingut Vereinigten Hospitie* öffnet diesen einmaligen Ort für Besucher.

Auch abseits von Trier finden sich stimmungsvolle Plätze, an denen man römische Geschichte atmen kann. Zu den Top-Adressen gehören die Römergräber in Nehren – mit einer Fernsicht wie gemalt. Hoch über dem Dorf haben Fachleute zwei Tempelchen rekonstruiert. Die darunterlie-

oben: Das römische Weinschiff und das Abbild eines römischen Weinhändlers in Neumagen-Dhron
unten: An den Römertagen übernehmen Gladiatoren und römische Händler das Zepter in der Villa Borg

gende Grabkammer mit ihrer Gewölbemalerei aus dem 3. bis 4. Jahrhundert ist noch im Original erhalten. Öffnet man die Fensterluke in der Grabkammertür erkennt man ein Muster aus Früchten, Blättern und Blumen. Von Nehren aus ist dieses Römererbe mit Weitblickgarantie über einen kurzen Wanderweg bequem zu erreichen.

Nicht erst die Römer fanden Gefallen an der Region. Schon die Kelten haben auf dem *Martberg* bei Pommern eine riesige Siedlung mit einem Bergheiligtum errichtet. Nach der römischen Eroberung behielt der Tempel noch lange seine Bedeutung und ist bis heute ein attraktives Ausflugsziel. Auf dem Tafelberg herrscht eine göttliche Atmosphäre. Der kleine Archäologische Park wird auch abseits der rekonstruierten Tempel gerne zur Einkehr genutzt, denn im *Martberg Café* warten Wein, Kaffee und Kuchen.

In Piesport wurde eine der größten römischen *Kelteranlagen* nördlich der Alpen gefunden. Auch dieses römische Souvenir verdient unbedingt einen Besuch. Denn beim Kelterfest, immer Anfang Oktober, werden dort wie früher von kostümierten Piesporter Bürgern Trauben mit den Füßen gepresst. Ein herrliches Spektakel.

Unterwegs als Römer

Und wer sich wie die Römer auf Moselreise begeben möchte, dem sei ein Ausflug nach Neumagen empfohlen. Denn dort liegt das originalgetreu rekonstruierte Weinschiff *Stella Noviomagi* vor Anker. Natürlich kann auch der Nachbau wie eine Galeere gerudert werden, komfortabler sind die beiden 55 PS starken Dieselmotoren.

Die Termine für Fahrten werden auf der Homepage www.neumagen-dhron.de bekannt gegeben.

Ganz großes Kino für Römer-Fans bietet die *Villa Borg* in Perl. Die rekonstruierte Villenanlage inklusive Gärten lässt erahnen, wie der privilegierte Römer zu seiner Zeit gelebt hat. Sei es Töpfern, Backen oder Schmieden - übers Jahr werden bei Veranstaltungen antike Techniken gezeigt. Und immer Anfang August schlagen Legionäre, Gladiatoren und Händler an den Römertagen ihr Lager auf. Schlemmen wie damals gefällig? Lukullus sei Dank, kommen in der Taverne der Villa römische Speisen auf den Tisch. Mehr altes Rom geht kaum.

Menschenskinder!

Ein Urlaub an der Mosel ist nichts für Kinder? Das stimmt nur, wenn sich die Kleinen nicht für Dinosaurier, Bergwerke oder Schwimmbäder mit Riesenrutschen interessieren. 15 Tipps für Familien.

1 Einfahren in eine unterirdische Welt können Kinder im *Besucherbergwerk Fell*. Es besteht aus zwei übereinander liegenden typischen Dachschiefergruben aus der Jahrhundertwende. Ob nun Halden, langen Stollen und Strecken oder der unterirdische „Dom“ - an der Seite eines Bergführers erleben Besucher und Besucherinnen in der Tiefe die schwere Arbeit der Bergleute hautnah.

Besucherbergwerk Fell, Auf den Schiefergruben, 54341 Fell, www.bergwerk-fell.de.

2 Wenn flotte *Seifenkisten in Klüsserath* fast geräuschlos bergabwärts flitzen, ist der dritte Sonntag im Mai. Dann treffen sich vor allem Familien am Ortsausgang, wo die Straße zur Rennstrecke ausgerüstet wurde. Mit Startrampe, Sprecherwagen, digitaler Zeiterfassung und allem Pipapo. Zu sehen gibt's schicke Boliden, deren Piloten und Pilotinnen ab 8 Jahren um den Pokal der Römischen Weinstraße kämpfen. An Ständen gibt's Kuchen, Wein und Burger.

Seifenkistenrennen, Krainstraße am Ortsausgang Richtung Rivenich, 54340 Klüsserath. Termin: Dritter Mai-Sonntag ab 10.30 Uhr. Kein Eintritt.

3 Frische Luft und Tiere bietet der *Weißhauswald* in Trier – und das völlig gratis. Neben einem Wildfreigehege gibt es auch einen Spielplatz mit Klettergerüsten.Die Waldtiere dürfen von kleinen Händen mit Spezialfutter aus dem Automaten gefüttert werden.

Wildfreigehege Weißhauswald, Stuckradweg, 54293 Trier, www.trier-info.de.

4 Im jüngsten Nationalpark Deutschlands, dem *Nationalpark Hunsrück*, wird nach und nach ein Urwald entstehen. Doch schon heute beherbergt das riesige Gebiet eine einzigartige Pflanzenwelt und das größte Wildkatzenvorkommen Mitteleuropas.

Familien können mit Rangern kostenlos die wilde Natur durchstreifen.

Tourist-Info Hermeskeil, Langer Markt 30, 54411 Hermeskeil, www.hermeskeil.de.

5 Achtung, freier Falter im Anflug! Gut 20 Kilometer von Trier findet man sich in einem Dschungel wieder. Bei konstanten 28 Grad und immerhin bis 80 Prozent Luftfeuchtigkeit herrschen tropische Temperaturen in diesem besonderen Haus. In dem *Schmetterlingsgarten* in Grevenmacher kurz hinter der deutsch-luxemburgischen Grenze flattern hunderte von farbenfrohen Schmetterlingen, die sich mit ein bisschen Glück sogar auf Besuchern niederlassen.

Jardin des Papillions, 56 Route de Trèves, L-6793 Grevenmacher www.papillons.lu.

6 Rund um den Erbeskopf, der mit 816 Metern höchsten Erhebung in Rheinland-Pfalz, findet man etwa 30 Kilometer von Bernkastel-Kues entfernt ein spezielles Naherholungsgebiet. Da ist die durchschreitbare Gipfelskulptur „Windklang“. Da ist der *Waldseilgarten*, der einen 180-Meter-Flug über den Teich ermöglicht. Und dann ist da noch das *Hunsrückhaus*, das eine bemerkenswerte Ausstellung zum Anfassen, Mitmachen und Ausprobieren beherbergt. Gratis, aber sicher nicht umsonst, zeigen Animationen und interaktive Exponate den Nationalpark mit seinem wilden Wald und geheimnisvollen Mooren.

Hunsrückhaus, Am Erbeskopf, 54426 Hilscheid, www.hunsrueckhaus.de.

7 Gestatten, Bilbo und Gandalf! Die freundlichen Eselchen wohnen in Mannebach, etwa 20 Kilometer von Trier. Reiten darf man sie zwar nicht. Aber sie begleiten brav, mit Proviant auf dem Rücken, Familien und Gruppen beim Wandern. Zwischen Mosel und Saar gibt es rund um den kleinen Ort ein gut ausgebautes Wegenetz für entspannte Touren mit dem liebenswerten Duo. Eine vorherige Reservierung ist unbedingt nötig.

Packeselwanderungen e.V., 54441 Mannebach, www.packeselwanderungen.de.

8 Im *Dinosaurierpark* neben der *Teufelsschlucht* geht's auf eine Reise durch 420 Millionen Jahre Erdgeschichte. Sie beginnt mit Amphibien und endet bei den Mammuts. Auf dem 1,5 Kilometer langen, sogar kinderwagentauglichen Weg kommt es zu Begegnungen mit dem Centrotaurus, der Ur-Echse mit dem Horn auf der Nase. Der Star des Parks ist der 14 Meter lange Tyrannosaurus Rex. Insgesamt gibt es über 150 bemerkenswerte Rekonstruktionen zu sehen. Ein spannender Park für kleine Besucher und große Tiere, für dessen Besuch man mehrere Stunden einplanen sollte.

Dinosaurierpark Teufelsschlucht,
Ferschweilerstraße, 54668 Ernzen,
www.dinopark-teufelsschlucht.de.

9 Auf den Ruinen der *Festung Mont Royal* können sich Kletterkünstler im Wald wie Tarzan von Baum zu Baum schwingen. Der Clou ist der erste Canopy-Trail Europas – ein spektakulärer Seilrutschenparcour mit über 1,5 Kilometer Gesamtlänge. Jüngere Kletterer oder auch Anfänger sind mächtig stolz, wenn sie die Kinder-Parcours mit einer Höhe von ca. 1,5 Meter gemeistert haben.

Mosel Adventure Forest, Mont Royal,
56841 Traben-Trarbach,
www.adventureforest.de.

10 Maja und Willy sind die Herzen vieler kleiner Fernzuschauer zugeflogen. Doch wie spannend ist das erst, echten Bienen bei der Arbeit zuzugucken. Gerne nimmt *Hobby-Imker Robert Weis* Kinder und Erwachsene mit zu seinem Bienenvolk und beantwortet sämtliche Fragen. Honig zum Kaufen gibt es natürlich auch.

Weingut Robert Weis, Mittelstraße 8,
56856 Zell,
www.weis-wein.de

11 Lust auf Paddeln? In Ernst liegt das Hauptquartier des größten Kanutouren-Anbieters der Mosel. Ein idealer Ausgangspunkt, um die Mosel rund um Cochem für einige Stunden zu erkunden. Ob nun Kajak, Kanu oder SUP board – Verleiher Udo Marx hat für jeden das passende „Fahrzeug" im Programm und bietet auch schöne Touren in Begleitung.

Mosel-Kanutours, Moselstr. 45, 56814 Ernst,
www.mosel-kanutours.de

12 Eine sensationelle Fernsicht bietet das *Panoramabad* bei Leiwen unmittelbar am Waldrand auf der Zummethöhe gelegen. Denn dem Freibad zu Füßen zieht die Mosel eine fantastische Schleife. Es gibt ein Sportbecken für Schwimmer, einen Sprungturm, sowie ein separates Becken für Schnullerträger. Fürs Vergnügen steht die wohl längste Riesenrutsche der Mosel im Nichtschwimmer-Becken bereit. Erst nach 76 Metern rutschen macht es „platsch".

Panoramabad Römische Weinstraße,
Tannenweg 18, 54340 Leiwen,
www.schweich.de.

13 Wie das duftet! Mit ihrem Projekt *Lavendel- und Naturkräuterfelsterrasse* hat der Verein Lehmer Razejungen etwas Tolles in der Steillage geschaffen. Statt Reben hat sich in der Lehmener „Würzlay" Lavendel breit gemacht. Doch nicht nur das: Inzwischen wachsen über 160 verschiedene Pflanzenarten auf 14 Felsterrassen. Das lockt natürlich zahlreiche Tiere an. Schmetterlinge wie Segelfalter oder Schwalbenschwanz flattern herum. Ebenso unzählige Hummeln, Eidechsen und Taubenschwänzen freuen sich über die Blüten. Auch ein Weinbergslehrpfad für Kinder hat hier ein Plätzchen gefunden.

Razejungewingert,
am Radweg Lehmen-Kattenes,
56332 Lehmen,
www.lehmer-razejunge.de

14 Wow, dieses erhebende Erlebnis brennt sich vermutlich für immer ins Gedächtnis ein. Vom Flugplatz Winningen können Familien mit erfahrenen Berufspiloten in Richtung Wolken abheben. Beim *10-Burgen-Flug* zum Beispiel geht's über die Ehrenburg und die Burg Thurant, aber auch zu herrlichen Gemäuern am Rhein. Rundflüge sind nach Terminvereinbarung möglich.

Rhein-Mosel-Flug GmbH & Co. KG,
Flugplatz, 56333 Winningen, www.flyrmf.de.

15 Die gewaltige *Festung Ehrenbreitstein* thront hoch oben über dem Zusammenfluss von Mosel und Rhein. Heute sind in den Gebäuden Museen und Ausstellungen untergebracht. Da sind geheimnisvolle Tunnel, Schießscharte, Gräben und ein Spielplatz zu entdecken. Tipp: Beim Gauklerfestival im Juli zeigen rund 100 Künstler drei Tage lang auf der Festung, was sie können.

Festung Ehrenbreitstein, 56077 Koblenz,
www.tor-zum-welterbe.de.

Sie haben Ihr Ziel
erreicht !

Sie bieten Weinproben inklusive Bett für die Nacht, beherbergen Vinotheken mit „boah, ist das toll“-Architektur und manchmal sogar das Standesamt. Auf der Suche nach einem Weinerlebnis mit dem gewissen Etwas? Hier ein paar Tipps.

Worum es in der Region geht, ist nicht zu übersehen. Grüner wird's nicht! Seit über 2000 Jahren sind die Uferhänge mit Millionen von Rebstöcken überzogen. Ob an Mosel, Ruwer oder Saar: Weinbau ist für viele Menschen Tradition, Herzblut und Lebensinhalt zugleich. Hier regiert Riesling, die „Königin der weißen Reben". Weit dahinter stellen sich Rivaner, Elbling und Weißburgunder an.
Zu großem Wein, und der wird im ältesten Weinbaugebiet Deutschlands produziert, gehört natürlich ein ansprechender Bau. Tatsächlich sorgen immer mehr Winzer mit Architektur und besonderer Atmosphäre für Furore.

Van Volxem in Hochform

Der wohl spektakulärste Neubau im gesamten Weinanbaugebiet steht auf dem Wiltinger Schlossberg an der Saar. Eine Landmarke mit Teich, Turm und mehr als sagenhaften 6800 Quadratmeter Nutzungsfläche. Die Manufaktur von Roman Niewodniczanski ist eine Ausnahmeerscheinung, die Maßstäbe setzt. Anlaufpunkt ist der zweigeschossige Monolith, dessen riesige Fensterfront viel Licht rein- und Blicke rauslässt. Hier kann man die Van Volxem-Weine mit spektakulärem Panoramablick über große Lagen verkosten. Fachkundige Beratung ist selbstverständlich. Die Vinothek mit Plätzen im Freien über dem romantischen Altarm der Saar steht Weinfreunden von Dienstag bis Sonntag offen. Und wer die Wirkungsstätte von Kellermeister Dominik Völk kennenlernen will, schließt sich einer offenen Führung durch den edlen Naturstein- und Raritätenkeller an.

www.vanvolxem.com

Das Juwel in Kanzem

Von sich Reden macht auch das Weingut und Gästehaus Cantzheim. Das Ensemble am Ortseingang von Kanzem ist eine Augenweide, an der man sich nicht satt sehen kann. In der Mitte ein spätbarockes Gutshaus, Baujahr 1740, links eine Orangerie aus Stahl und Glas und rechts die moderne Remise. Zur Eröffnung im Sommer 2017 haben Anna und Stephan Reimann ihren ersten eigenen Wein vorgestellt. Seitdem wurde das Anwesen mit altem Tonnengewölbe, Gästezimmern und Vinothek zum Kulturort für Musik und Literatur, Weingenuss und Kulinarik. Es lässt sich im Garten auch wunderbar entspannen. Sonn- und feiertags öffnen die Reimanns ihre grüne Oase für Ausflügler, die ein Glas Saarwein und regionale Köstlichkeiten genießen wollen. Manche kommen sogar zum Heiraten her, denn Cantzheim beherbergt eine Außenstelle des Konzer Standesamtes.

www.weingut-cantzheim.de

Adelige Adresse in Serrig

Auch in Serrig hat sich etwas getan. Denn im Sommer 2016 hat Jochen Siemens sein bekanntes Weingut an die Familie Heimes verkauft. Wie aus dem Bilderbuch entsprungen thront ihr verwunschenes Gutshaus über der Lage „Serriger Würtzberg". Geschaffen hat dieses Gesamtkunstwerk der damalige preußische Staatsminister Clemens Freiherr von Schorlemer. Der Hauptwohnsitz der aristokratischen Familie war das Schloss Lieser an der Mosel, das seine Ehefrau von ihrem Vater, dem Industriellen Eduard Puricelli, erbte. Am 13. März 1898 wurde der erste Rebstock im Würtzberg von Maria Puricelli in die Erde gesetzt. Zur Ernte 2018 hat Felix Heimes mit nur 23 Jahren die Verantwortung für den Keller und Weinausbau übernommen. Neugierig geworden? Die Familie lädt Interessierte zu Weinproben auf dem Würtzberg ein.

www.weingut-wuertzberg.de

Refugium in Ediger-Eller

Dass den Menschen, die solche Gärten wie die an der Mosel kultivieren, der Status von Helden zuteil wird, hat gute Gründe. Michael Borchert erntet sogar im steilsten Weinberg Europas. Die berühmten Calmont-Weine sind längst in aller Munde. Doch noch immer ein Geheimtipp sind die feinen Rieslinge aus dem benachbarten Elzhofberg, die man im Springiersbacher Hof in Ediger-Eller probieren kann. Den ehemaligen Hof der Mönche vom Kloster Springiersbach haben Michael und Gabriele Borchert in ein charmantes Refugium mit mediterranem Flair für Genießer verwandelt. Ganz und gar nicht klösterlich sind die kulinarischen Köstlichkeiten – in flüssiger Form oder als süße und deftige Speisen. Neben seinen famosen Rieslingen destilliert der Winzer wunderbare Edelobstbrände, die einem das Wasser im Mund zusammenlaufen lassen. Zu den Bestsellern gehört zudem der Weinbergpfirsich-Likör. Gerne teilen die Borcherts ihr kleines Paradies und bieten Ferien-Quartiere für die Übernachtung an.

www.ediger-mosel.de

Auf Besuch im Weingut Dr. Loosen

Das Loosen-Team bietet Liebhabern großer Weine kommentierte Weinproben oder Abendessen nach Voranmeldung an. Rieslinge der Spitzenklasse treffen in dem Weingut auf elegantes Ambiente. Ernst „Ernie" Loosen hat in der Weinwelt einen Ruf wie Donnerhall. Mit seinem Engagement hat er dem Mosel-Riesling international Ruhm und Ehre eingebracht. Der Winzer bewirtschaftet renommierte Lagen wie den „Ürziger Würzgarten", „Wehlener Sonnenuhr" oder „Erdener Prälat". Sein Weingut am Moselufer in Bernkastel-Kues ist zwar schon seit 200 Jahren in Familienbesitz, doch das anliegende Besucherzentrum ist brandneu. Die Reben wachsen bis ans Anwesen heran. Die darin untergebrachte Vinothek wurde im historischen Stil mit Säulen, Ornamenten und Gewölbedecken gestaltet.

www.drloosen.de

Mosel pur in Pommern

Das Weingut Schneiders-Moritz ist stolz auf seine historische Lage „Rosenberg" aus dem Jahre 1860. Dort stehen wurzelechte Rieslinge, die zu den ältesten Reben Europas zählen. Schon seit 1620 wird in dem Weingut in Pommern Riesling in die Flasche gebracht. Heute leiten Kilian Moritz und Mutter Hildegard den Betrieb und wickeln Besucher mit tollem Wein, Gastfreundschaft und typisch moselländischer Atmosphäre um den Finger. Die urige Weinscheune bietet eine herr-liche Kulisse für Veranstaltungen aller Art. Tipp: Den Weißwein-Cuvée namens „Eine gute Zeit" verkosten und mit dem Winzer auf einer Wanderung entlang der schwindelerregend steilen Weinberge gehen.

www.schneiders-moritz-wein.de

Der berühmte Doctor im Glas

Die Vinothek des Weingutes Wwe. Dr. H. Thanisch befindet sich im Erdgeschoss einer eleganten Villa am gegenüberliegenden Moselufer in Kues. Das Gutshaus stammt aus jener Epoche, als der Mosel-Riesling zu den teuersten Weinen dieser Erde zählte. 1894 wurde es nach den Plänen des Frankfurter Architekten Theodor Schmidt gebaut, der kurz darauf auch das Schloss Lieser im Nachbarort plante. Die Weine von Bauherr Dr. Hugo Thanisch sorgten schon damals international für Furore. Noch etwas ist besonders: Mit Sofia Thanisch steht inzwischen in der vierten Generation eine Frau an der Spitze des Familienbetriebs. Als Nummer 5 will Tochter Christina in ihre Fußstapfen treten. Neuerdings können Gäste auch im Garten das eine oder andere Glas Wein und den Blick auf die Mosel, die Weinberge und die Burg Landshut genießen. Hier öffnet sich der Vorhang für großen Riesling aus dem legendären „Berncasteler Doctor".

www.thanisch-vdp.de

Kein guter Tropfen ohne Erntehelfer, hier in den Steillagen von Van Volxem

MOSEL
FASZINATION WEIN
WEIN VON HELDEN
Unsere steilen Schieferlagen sind ein Terroir der Extreme. Uraltes Gestein, kühles Klima und harte Arbeit lassen Riesling voller Leichtigkeit und Mineralität entstehen.
Informieren Sie sich mit unseren kostenlosen Broschüren „Das Weinanbaugebiet Mosel" sowie „Zu Gast beim Winzer" sowie im Internet unter www.weinland-mosel.de. Kontakt: info@weinland-mosel.de
WINE in MODERATION
WEIN | BEWUSST | GENIESSEN

Das süße Leben

Röstfrische Bohne trifft himmlische Weinbergpfirsich-Torte, Latte Macchiato trifft herzhaftes Frühstück mit allem Pipapo. In einigen Lokalen ist man in Sachen Kaffeepause besonders gut aufgehoben.

Kaffee und Kuchen geht immer. Nahezu an jeder Ecke und Moselschleife gibt es ein Café. Wer allerdings etwas Besonderes sucht, muss manchmal ein kleines bisschen länger suchen. Einen Lieblings-Kaffeeplatz, der rundum glücklich macht, finden Genussmenschen zum Beispiel in der Kirchstraße in Traben-Trarbach. Denn in der *Alte Ratsschänke* hat das charmante Schweizer Ehepaar Elisabeth Känzig und Werner Schlup einen Wohlfühlort für Genießer eingerichtet. Es gibt antikes Interieur, altes Porzellan und Gastfreundschaft im Überfluss. Und das alles in einem historischen Haus aus dem Baujahr 1674. Ob nun zartschmelzender Schaumkuchen mit Früchten, Frühstück oder Mittagessen – alles ist mit Liebe selbst gemacht. Eine weitere Spezialität ist das Käse Fondue. Denn wer hat's erfunden? Die Schweizer.

In der Nachbarschaft sticht das *Romantik-Hotel Bellevue* mit feinstem Jugendstil heraus. Man beachte den Erker in Form einer Flasche. Schon beim Betreten fühlt man sich in das großbürgerliche Ambiente eines Thomas Mann-Roman versetzt. Der Besuch fühlt sich an wie ein Kurztrip in die Belle Époque um die vorletzte Jahrhundertwende. Florale Muster zieren die Wände, überall ticken verschnörkelte Uhren. Herrschaftlicher als auf der Terrasse mit exklusivem Moselblick kann man Kaffee und Kuchen kaum genießen.

Villa Provence

Cafe Bonaparte

Süßes im Landcafé

Fernab vom Trubel versteckt sich in den Solliger Höfen über Kobern-Gondorf ein echter Landcafé-Traum. Entschleunigung, das merkt man, sobald man den Hof betritt, wird hier großgeschrieben. In der *Villa Provence* eröffnet sich ein Paradies voller Blumen, Figürchen und Brunnen. Samstags und sonntags lädt Inhaberin Monika Moritz zum Kaffeeklatsch. Wer nicht mehr weg will, quartiert sich in einem der wundervollen Zimmer ein.

Auch das Kunst- und *Kulturcafé Bonaparte* im Echternacher Hof in Kinheim bietet mehr als Kaffee und himmlische Torten. Mit ihrem Bed & Breakfast haben sich die Musiker Silvia Zeimet und Thomas Franzen einen Lebenstraum verwirklicht. Das muckelige Café mit Bühne, Klavier und kleinem Biergarten wird rege für Veranstaltungen genutzt. In den Sommermonaten öffnet es samstags, sonntags und an Feiertagen die Pforten. Ein weiterer Trumpf ist der hauseigene Gin namens „Ginheimer."

Gin aus der eigenen Destille bietet auch der *Springiersbacher Hof* in Ediger-Eller. Eine weitere Spezialität sind die Köstlichkeiten aus Weinbergpfirsich, die Gabriele Borchert in der Küche ihres Weincafés zaubert. Die pelzige Frucht kommt zum Beispiel süß als Torte oder als würziges Chutney zum Ziegenkäse daher – ein Gedicht!

Unterwegs auf zwei Rädern

Ganz und gar aus dem Rahmen fallen die Speisen, mit der Elke Süwer ihre Gäste im *Winkelwerkstatt Café* in der Robert-Schuman-Straße 46 in Kröv verwöhnt. Ein Anlaufpunkt für Motorradfahrer, Einheimische oder Wanderer, die vom Laufen richtig Hunger haben. Hier dreht sich alles um den „Pickert", den es weit und breit sonst nirgendwo gibt. Was das ist? Dabei handelt es sich um eine traditionelle Spezialität aus Ostwestfalen-Lippe, der alten Heimat der sympathischen Wirtin des originellen Biker-Hotels. Die Grundlage ist immer ein Hefeteig mit geriebenen rohen Kartoffeln – dann wird es bunt. Die wohl klassischste Variante wird mit Apfel- oder Pflaumenmus unter dem Namen „Unterlegscheibe" serviert, der „Cafe Racer" kommt mit Vanillesoße und Roter Grütze daher. Der vielfältige Pickert präsentiert sich auch deftig.

Hotspots in Bernkastel-Kues

Wenn die Altstadt in Bernkastel-Kues überquillt, bietet das geräumige *Café Hansen* einen süßen Zufluchtsort für alle, die eine Verschnaufpause beim Stadtrundgang brauchen. Schon seit über 100 Jahren überzeugt die Familie Hansen in dem rosafarbene Haus am Marktplatz mit Konfiserie und feinster Konditor-Kunst. Qualität spricht sich natürlich herum.

Das gilt auch für das *Venezia*. In dem Eiscafé am anderen Moselufer in Kues wird das wohl beste Spaghetti-Eis der Gegend gemacht. Scheint die Sonne bilden sich lange Schlangen vor dem Lokal in der Cusanusstraße.

Wer sich nicht zwischen süß und herzhaft oder Kaffee und Bier entscheiden will, der ist bei Frank im Bistro an der Zeltinger Uferaller richtig. Sein „Büdchen", das offiziell *Zum Weingärtner* heißt, stand früher auf dem Gelände des Bahnhofes, wo das berühmte Saufbähnchen hielt. Heute werden auf der Sonnen-Terrasse magenfüllende Hauptgerichte und leckere Kuchen aus der Vitrine serviert.

Alles wie früher

Mit einer guten Prise Nostalgie bezaubert das *Café Héritage* in der Bergstraße in Mülheim. Hier fühlt sich der Gast wie in Großmutters feine Stube von Annodazumal versetzt. Traditioneller Kuchengenuss wird groß geschrieben – von frisch aufgebrühtem Filterkaffee über antike Sammeltassen bis zu überlieferten Rezepten.

Noch weiter zurück in der Zeit geht's in Trier: Am Hauptmarkt bietet *Zum Domstein* zur Kaffeezeit Torten und Kuchen an. Eine Einzigartigkeit sind jedoch die römischen Gerichte. Sie stammen aus „De re coquinaria", dem ältesten erhaltenen römischen Kochbuch, das lange Zeit in aller Munde war. Darunter Rezepte des berühmten Feinschmeckers Marcus Gavius Apicius. Das Menü reicht von Mulsum über lukanische Würstchen mit grünen Bohnen bis zu mit Myrte gekochtem Schinken in Feigensauce. Die Region ist von jeher ein „Tischlein deck dich – schon bei den Römern fing es an.

Da legst du dich nieder

Alte Kirche Wehlen

Gewöhnlich war gestern. Wie wäre es stattdessen mit einer Nacht im Schloss oder Feuerwehrhaus, auf einem Hausboot oder gar in einer ehemaligen Kirche? Jede dieser Unterkünfte ist ein Unikat. Hier wird schon das Übernachten zum Erlebnis.

Halleluja! Eine außergewöhnliche Bleibe hat Anke Nuxoll-Oster in Wehlen geschaffen. Tatsächlich können Gäste dort in der alten Kirche übernachten. Man darf auch zu ganz unchristlichen Zeiten nach Hause kommen, denn die kreative Bauherrin hat das ehemalige Gotteshaus in ein Ferien- und Seminarhaus verwandelt.

Das 1669 entstandene Gebäude dient schon lange nicht mehr seinem ursprünglichen Zweck. Bereits vor etwa 150 Jahren war es von Jocodus Prüm zu Armenwohnungen umgebaut worden. Im Laufe ihrer Geschichte beherbergte die alte Kirche einen Kindergarten und ein Vereinsheim.

Heute wohnt man im Langhaus in zehn hippen Zimmern. Das in weiß und grau gehaltene Interieur richtet den Blick auf freigelegte Schieferwände, Holzbänken und geschwungene Fensterrahmen. Der ehemalige Kirchenraum ist wohl einer der schönsten Essplätze weit und breit: Unter der acht Meter hohen Gewölbedecke ist eine offene Küche im Industriestil untergebracht. Insgesamt 26 Personen finden in der „Bleibe" Platz. Ideal für Seminare, Gruppen oder Familientreffen.

Als ob eine Nacht in einer Kirche noch nicht besonders genug wäre, legt die Betreiberin noch eine Schippe drauf: Auch das benachbarte, schnuckelige Feuerwehrhaus mit Betten für sechs Personen kann gemietet werden.

www.bleibe.de.

Ein Hotel mit Geheimnis

Ganz anders in Cochem. Wer das *Hotel Vintage* im Stadtteil Cond betritt, wird augenblicklich vom Flair der Sechzigerjahre eingenommen. Tatsächlich wurde an diesem Ort ein aufregendes Stück bundesdeutscher Geschichte geschrieben. Denn bis 1993 war in dem Doppel-Wohnhaus das Schulungs- und Erholungsheim der Deutschen Bundesbank untergebracht. Klingt nicht ungewöhnlich? Genauso war's damals auch gedacht. Denn der Clou verbarg sich 30 Meter unter Erde. Vom Keller aus führte ein langer Gang in eine mysteriöse Atombunkeranlage. Erbaut in der heißen Phase des Kalten Kriegs, um hinter tonnenschweren Stahltüren 15 Milliarden Mark zu lagern. Eine Ersatzwährung, sicher versteckt für den Tag X.

Das Milliardenreich ist weg und die Tarnhäuser wurden zum Hotel umgebaut. Sämtliche Zimmer glänzen mit modernem Interieur. Doch läuft man durchs Treppenhaus fühlt man sich in die Zeit des Wirtschaftswunders zurückversetzt. In eine Welt mit Plattenspielern auf dem Sideboard, in der das Schwarz-Weiß-Fernsehen genauso Standard war wie Cocktailsessel. Geschickt hat die Chefin Petra Reuter moderne Möbel mit Objekten aus den 1960er-Jahren kombiniert. Überall an den Wänden hängen Fotos, die vom Leben an der Mosel im Nachkriegsdeutschland berichten. Der Bundesbank-Bunker ist ein wichtiger Teil dieser Geschichte. Heute darf jedermann bei einer spannenden Führung das ehemalige Staatsgeheimnis erkunden.

www.hotel-vintage.de

Ferien auf der Mosel

Als Noah seine Arche baute, gab es noch kein Internet. Dafür leitet das Portal airbnb heute zu einem schwimmenden Zufluchtsort in Zell-Merl, wo man unbehelligt von Tieren aller Art Füße und Seele baumeln lassen kann. Auf dem *Hausboot von Götz Schiffmann* ist der Gast der Kapitän. Wer sich schon immer mal von sanften Wellen der Mosel in den Schlaf wiegen lassen wollte, findet in dieser am Anleger vertäuten Ferienwohnung der besonderen Art sein Glück. Allein mit einem Glas Wein auf der Terrasse zu sitzen ist ein Erlebnis. Ganz in der Nähe gibt es ein schwimmendes Café, einige Kneipen, Restaurants, Winzerbetriebe und natürlich viele Wanderwege durch unberührte Natur.

Die Natur genießen und trotzdem komfortabel nächtigen: Das ist Glamping. Wer müht sich schon mit Zeltstangen, Heringen und Luftmatratzen ab, wenn man ein zuckersüßes Fass haben kann? Auf dem Campingplatz in der Rissbacherstraße in Traben-Trarbach kann man es sich in den hölzernen Bäuchen gemütlich machen. Der griechische Philosoph Diogenes lässt grüßen.

Fürstlich übernachten

Wie ein Kaiser oder eine Prinzessin kann man sich als Gast im *Hotel Schloss Lieser* fühlen. So glanzvoll wie die Fassade ist auch die Vergangenheit des prächtigen Herrenhauses. Sogar der deutsche Kaiser Wilhelm II. ging hier ein und aus, um seinen Minister Clemens Freiherr von Schorlemer zu besuchen. Der preußische Beamte war mit Maria Puricelli verheiratet. Sie war die Tochter des Industriellen und Bauherrn Eduard Puricelli, der sich Ende des neunzehnten Jahrhunderts das Schloss mit Türmchen am Moselufer errichten ließ. Sein einziges Kind erbte den Familiensitz samt Millionenvermögen. 1981 ging das Anwesen über in den Besitz der Gemeinde Lieser. Die preußische Pracht verfiel – bis sich der niederländische Unternehmensberater Piet Killaars in Schloss Lieser verliebte. Er kaufte das alte Gemäuer, um es in ein Luxushotel umzubauen. Dafür wurde die originale Anmutung wiederhergestellt, mit Marmor, Mosaiken, antikem Mobiliar und Kachelöfen. Es gibt einen Weinkeller, ein Jagdzimmer mit Trophäensammlung, eine Bibliothek und eine Privatkapelle. Es ist eine Reise in die wilhelminische Epoche.

www.schlosslieser.de

Alles Unikate: Das Hausboot in Zell, die Kaiser-Suite im Schloss Lieser, Petra Reuter und Christine Enk vom Hotel Vintage in Cochem und die Bleibe von Anke Nuxoll-Oster in Wehlen.

Ein Spaziergang über den Wipfel der Bäume gefällig oder Kaffee trinken in einer Concorde? Wer mag, macht Grenzerfahrungen im berühmtesten Dorf der Welt oder schwimmt im erloschenen Vulkan. Im Umland warten Ausflugsziele der Superlative darauf entdeckt zu werden.

Naturwunder Saarschleife

Das ist ja wohl der
Wipfel !

Einmal ganz hinauf bis in die Baumkronen steigen – das begeistert nicht nur Kinder. Etwa 40 Kilometer von Trier entfernt führt der Baumwipfelpfad mit einer Gesamtlänge von 1.250 Metern durch Buchen, Eichen und Douglasien, vorbei an Lern- und Erlebnisstationen. Der Höhepunkt ist im Wortsinn der 42 Meter hohe Aussichtsturm, von dem man die berühmte Saarschleife aus der Vogelperspektive bewundern kann. Über Jahrmillionen hinweg hat sich der Fluss einen Weg durch das Gestein gegraben und schlängelt sich in einer 180-Grad-Kurve durch eine tiefe Schlucht. Das Naturwunder ist eine berühmte Sehenswürdigkeit des Saarlandes. Die Flussschleife beginnt kurz hinter dem Merziger Stadtteil Besseringen und endet in Mettlach.

Den bekanntesten Blick auf die Saarschleife bietet der *Aussichtspunkt Cloef*, ein vorspringender Fels im Mettlacher Ortsteil Orscholz. Das Betreten der Plattform kostet keinen Cent und ist jederzeit möglich. 10 Gehminuten davon entfernt wartet die nächste Sehenswürdigkeit: Ein außergewöhnliches Bauwerk aus Holz und Glas, eingebunden in die Natur. Das Cloef-Atrium beherbergt ein Bistro sowie eine Regiothek, in der man Weine, Crémants und Brände aus Frankreich und Luxemburg genauso wie von der südlichen Weinmosel und aus dem Saarland kaufen kann.

- Baumwipfelpfad Saarschleife, Cloefstraße, 66693 Mettlach, www.baumwipfelpfade.de
- Tagungs- und Besucherzentrum Cloef-Atrium, 66693 Mettlach-Orscholz, www.tourist-info.mettlach.de. Vom Besucherzentrum ist der Fußweg zum Aussichtspunkt ausgeschildert.

Flieger, grüß mir die Sonne

Etwa 30 Kilometer von Leiwen entfernt wartet ein rarer Schatz von unschätzbarem Wert darauf, entdeckt zu werden. Für Technik-Fans ist der Besuch von Deutschlands größtem privaten *Flugzeugmuseum* in Hermeskeil ein Muss. Unglaublich, was die flugzeugverrückte Familie Junior hier seit 1973 zusammengetragen hat. Immerhin über 100 Flugzeuge und Hubschrauber aus über 100 Jahren Luftfahrt-Geschichte können auf dem weitläufigen Gelände besichtigt werden. Von der „alten Tante Ju 52“ über eine VC 10 aus Abu Dhabi bis hin zu der Lufthansa-Maschine, mit der Konrad Adenauer 1955 zu Verhandlungen nach Moskau reiste, um die letzten Kriegsgefangenen aus Russland heim zu holen. Und die Zahl der Exponate wächst immer noch weiter.

In vier großen Hallen sind zudem unter anderem 60 alte Flugmotoren zu sehen. Das Glanzstück der Ausstellung ist für viele die Concorde, in die man sogar einsteigen kann. Denn an Bord ist ein Café mit 150 Sitzplätzen eingerichtet, in dem freundliche „Stewardessen“ Kaffee und Kuchen servieren.

Flugausstellung Peter Junior, Habersberg 1 / Hunsrückhöhenstraße B327, 54411 Hermeskeil, www.flugausstellung.de

Grenzerfahrung in Schengen

Von Schengen hat eigentlich jeder schon gehört. Steht es doch seit mehr als drei Jahrzehnten für Reisen ohne Passkontrollen kreuz und quer durch Europa. Allerdings wissen viele

nicht, wo die Ortschaft, in der Politiker am 14. Juni 1985 das Abkommen unterschrieben haben, eigentlich liegt. Vielleicht in Belgien oder in Deutschland? Falsch. Schengen ist auch kein „charmantes Dörfchen in den Niederlanden" wie der ehemalige französische Präsident François Mitterrand einst sagte. Die Wiege Europas liegt am Luxemburger Ufer der Mosel vis-à-vis vom deutschen Winzerort Perl. Und der Besuch lohnt sich.

Wie war das damals, als sich auf der Fahrt in den Urlaub noch lange Autoschlangen an den Grenzen bildeten? Welche Länder gehören eigentlich zum Schengen-Raum? Und wer hat die EU-Hymne geschrieben? Das *Europäischen Museum* informiert über die Anfänge der Europäischen Union und deren Errungenschaften. Auf dem Platz vor dem Museum erinnern verschiedene Exponate an den historischen Akt. Dort steht auch ein Stück der Berliner Mauer. Ein Schloss und einen schönen Wanderweg gibt es auch: Über die *Traumschleife Schengen grenzenlos* kann man sich den Geist Europas erlaufen.

Europäisches Museum,
Rue Robert Goebbels, LU-5444 Schengen,
Öffnungszeiten: täglich 10 – 18, kein Eintritt.

Hotspot für Vogelkundler

Zwischen Schengen und Remich zwitschert und summt es. Kormorane, Wildbienen und Haubentaucher fühlen sich hier wohl. Flussseeschwalben ziehen ihre Kreise und Wildkatzen und Füchse schleichen durchs *Naturschutzgebiet Haff Remich*, dem wohl artenreichsten Feuchtgebiet Luxemburgs. Mittendrin: Das Naturschutzzentrum Biodiversum. Die interaktive Ausstellung in dem futuristischen Holzbau sorgt dafür, dass möglichst viele Menschen Einblick in diese Vielfalt bekommen. Darin wird die Pflanzen- und Unterwasserwelt der umliegenden Weiher gezeigt, man kann die Vögel des Naturschutzgebiets zwitschern hören und versuchen, sie nachzupfeifen. Auf Rundwegen lassen sie sich live beobachten und wiedererkennen. Und im Sommer kann man die Schwimmsachen mitbringen. Denn trotz Naturschutzgebiet ist der benachbarte Baggersee zum Baden freigegeben.

Biodiversum, 5, Bréicherwee,
LU-5441 Remerschen
www.biodiversum.lu

Schwimmen im erloschenen Vulkan

Abkühlung in einem ganz besonderen See gefällig? Die glitzernden *Maare in der Eifel* sind zu Recht Touristen-Magnete. Nirgendwo sonst in Deutschland kann man in erloschenen Vulkanen schwimmen. Viele von ihnen stehen zwar unter Naturschutz, doch in einigen wurden wunderbare Naturfreibäder eingerichtet. So finden Ausflügler am Pulvermaar in Gillenfeld sogar ein Feriendorf mit Campingplatz. Am Meerfelder Maar in Meerfeld bietet zudem der Aussichtsturm „Landesblick" einen schönen Rundumblick über die Eifellandschaft und den Maarsee. Das Gemündener Maar in Daun wurde mit Sprungturm und Kinderbecken ausgerüstet und am Naturfreibad Schalkenmehrener Maar gibt es einen Tretbootverleih, einen Campingplatz und nebenan ein Hotel.

Sind Sie ein Auskenner?

Lokale Hymnen, Weinlagen mit kuriosen Namen, versteckte Sehenswürdigkeiten. Wer vielfältig informiert ist, beeindruckt bei der nächsten Moseltour bestimmt. Testen Sie sich! Das Mosel-Quiz macht niemandem zum Millionär, aber jeden ein bisschen schlauer.

1 Welche Ruine punktet mit einem kleinen Sandstrand?

Die Ruine der Klosterkirche Stuben in Bremm. Sie ist über einen Feldweg ab Neef zu erreichen.

2 Wo kann man die Mosel mit einer Seilbahn „erfahren“?

In Koblenz. Die Seilbahn verbindet das Konrad-Adenauer-Ufer mit der Festung Ehrenbreitstein und bietet einen schönen Blick über den Zusammenfluss von Mosel und Rhein.

3 Aus welcher Stadt stammte der Mann, der die lokale Hymne „O Mosella“ schrieb?

Karl Berbuer wurde 1900 in Köln geboren. Auf sein Konto geht auch „Heidewitzka, Herr Kapitän“

4 Wer war der erste Weinkönig an der Mosel?

Cephas Bansah hat ab 1999 Trittenheim repräsentiert. Der Kfz-Meister lebt seit 1970 in Ludwigshafen und ist tatsächlich ein echter König. Als Oberhaupt des Ewe-Volkes in Ghana regelt er seine Amtsgeschäfte per Telefon und E-Mail.

5 Wofür ist die Weinlage „Heißer Stein“ bekannt?

Für die Motocrossstrecke oberhalb des Weinortes Reil.

6 In welchem Moselort wurden mehrmals Ortsstraßenschilder gestohlen?

In Alf. Grund war die gleichnamige US-amerikanischen Fernsehserie. Deshalb bot die Gemeinde eigens zu diesem Zweck gedruckte Ortsschildern zum kauf an.

7 Darf die Deutsche Weinkönigin verheiratet sein?

Bis zum Jahr 2000 mussten die Majestäten tatsächlich ledig sein.

8 Welche Apotheke an der Mosel hat nichts mit Medikamenten zu tun?

Die Weinlage Trittenheimer Apotheke.

9 Wo kann man den steilsten Weinberg Europas besteigen?

Der Calmont erhebt sich mit einer Hangneigung mit bis zu 65 Grad zwischen Bremm und Ediger-Eller.

10 Was macht die Pfarrkirche St. Martin in Ediger-Eller so besonders?

Der Kirchturm ist der verzierteste seiner Art in Europa.

11 Wo glitzert das goldene Kreuz?

Auf einem Felsen in der Bernkasteler Schweiz..

12 In welchem Ort fährt ein Hotelier mit seinem Auto durchs Wasser?

In Traben-Trarbach sieht man Matthias Ganter vom Hotel Bellevue mit seinem Amphicar durch die Mosel fahren..

13 Zu welchem Zweck wurde die Matthiaskapelle in Kobern-Gondorf gebaut?

Zur Aufbewahrung einer Reliquie. Das Haupt des heiligen Matthias wurde ca. 130 Jahre dort aufbewahrt.

14 Woran erkennt man die Rieslingtraube im Wingert?

An den schwarzen Punkten.

15 In welchem Ort befindet sich Deutschlands ältester Minigolfplatz?

Die erste Minigolf-Anlage Deutschlands wurde 1955 in Traben-Trarbach errichtet..

15 – 12 Fragen richtig beantwortet: Sie sind ein Auskenner, Ihnen macht niemand etwas vor. Vermutlich wurden Sie an der Mosel geboren
11 – 8 Fragen richtig beantwortet: Sie haben bewiesen, dass Sie viel über die Region wissen. Wenn Sie sich noch ein bisschen umgucken, reicht es demnächst vielleicht zum Auskenner.
7 – 0 Fragen richtig beantwortet: Sie kennen sich noch nicht gut aus. Viel Spaß beim Entdecken!

Piesport und die Moselloreley